Contemporánea

Clarice Lispector (Tchetchelnik, Ucrania, 1920-Río de Janeiro, 1977) sorprendió a la intelectualidad brasileña con la publicación en 1944 de su primer libro, *Cerca del corazón salvaje*, en el que desarrollaba el tema del despertar de una adolescente, y por el que recibió el premio de la Fundación Graça Aranha 1945. La que entonces se consideró una joven promesa de tan solo diecinueve años se convirtió en una de las más singulares representantes de las letras brasileñas, a cuya renovación contribuyó con títulos tan significativos como *La hora de la estrella*, *Aprendizaje* o *El libro de los placeres* o su obra póstuma, *Un soplo de vida*.

Clarice Lispector

La ciudad sitiada

Traducción de
Elena Losada

DEBOLS!LLO

Papel certificado por el Forest Stewardship Council®

Título original: *A cidade sitiada*

Primera edición: abril de 2026

Printed in Spain – Impreso en España

ISBN: 978-84-663-8175-8
Depósito legal: B-2.551-2026

Compuesto en M. I. Maquetación, S. L.

Impreso en Black Print CPI Ibérica
Sant Andreu de la Barca (Barcelona)

P 3 8 1 7 5 8

Índice

1. La colina del pasto 11

2. El ciudadano 33

3. La cacería 37

4. La estatua pública 67

5. En el jardín 91

6. Esbozo de la ciudad 103

7. La alianza con el forastero 115

8. La traición 127

9. El tesoro expuesto 131

10. El maíz en el campo 161

11. Los primeros desertores 187

12. Fin de la construcción: el viaducto 205

«En el cielo aprender es ver; en la tierra es acordarse».

PÍNDARO

1

La colina del pasto

—Las once —dijo el teniente Felipe.

Apenas terminó de hablar cuando el reloj de la iglesia tocó la primera campanada, dorada, solemne. El pueblo pareció oír por un instante el espacio... el estandarte en la mano de un ángel se inmovilizó, estremeciéndose. Pero de repente los fuegos artificiales subieron y estallaron entre las campanadas. La multitud, espabilada del sueño rápido al que había sucumbido, se movió bruscamente y de nuevo reventaron los gritos en el carrusel.

Sobre las cabezas las linternas se empañaban haciendo temblar la visión; los bazares se arqueaban goteando. Cuando Felipe y Lucrécia alcanzaron la noria, la campana sacudió la noche llenando de emoción la fiesta religiosa; el movimiento de la multitud se volvió más ansioso y más libre. La población había acudido para celebrar el santo del barrio y, en la oscuridad, el atrio de la iglesia resplandecía. Mezclándose con la pólvora quemada la grosella hacía levantar los rostros con náusea y ofuscación. Las caras aparecían y desaparecían. Lucrécia se encontró tan cerca de una que esta le sonrió. Era difícil percibir que sonreía a alguien perdido en la sombra. También la joven fingió hablar con Felipe mirando, sin embargo, a un desconocido a los ojos que la claridad de una farola llenaba: ¡Qué noche!, dijo ella al extraño, y las dos caras vacilaron; el carrusel iluminaba el aire en remolinos, las luces caían trémulas… Si sucediese algo extraordinario por fin en el barrio, eso irrumpiría en el ámbito del quiosco de música donde los niños se perdían y gritar sería un grito más. El atrio de la iglesia era frágil. Y crepitaba como las castañas en la hoguera. Soñolientas, obstinadas, las personas se empujaban a codazos hasta formar parte del círculo silencioso que se había formado en torno a las llamas.

Una vez junto al fuego, se paraban y espiaban acaloradas.

Las llamas destacaban los gestos, las enormes cabezas se movían mecánicas, suaves. Algunos componentes de la procesión de la tarde, todavía con los ajustados hábitos de seda, se mezclaban con los espectadores. Coronada de papel, una niña insomne sacudía sus tirabuzones; era sábado por la noche. Bajo el sombrero el rostro mal iluminado de Lucrécia tan pronto parecía delicado como monstruoso. Ella espiaba. La cara tenía una atención dulce, sin malicia, los ojos oscuros espiando las mutaciones del fuego, el sombrero con la flor.

Fue de nuevo arrastrada por Felipe, ambos seguían ahora una dirección desconocida a través de la gente, empujando, a tientas. Lucrécia sonreía con satisfacción. Su rostro quería avanzar pero su cuerpo casi no podía moverse porque la fiesta se había comprimido de repente, traspasada por una contracción inicial lejana. Intentó liberar al menos una de las manos y enderezarse el sombrero que, torcido hasta el ojo, daba a la cara alegre una expresión de desastre. Pero Felipe la sujetaba por el codo protegiéndola y riendo…

El teniente había levantado su cabeza sobre las otras y reía al cielo.

La joven soportaba mal esa risa libre que era un desprecio del forastero hacia la pobre fiesta de S. Geraldo. Aunque ella misma no consiguiese sentirse en el centro del regocijo que tan pronto parecía estallar en el silencio del fuego como proyectarse en los giros de los caballitos, aunque buscase con el rostro el lugar de donde brotaba el placer. ¿Dónde estaría el centro de un pueblo? Felipe llevaba uniforme. Con el pretexto de apoyarse, la muchacha pasaba los dedos por los gruesos botones, ciega, atenta. De repente se encontraron fuera de la fiesta.

Estaban en el vacío casi oscuro, porque la gente se comprimía en la zona del quiosco como dentro de un círculo demarcado. Desde fuera era realmente extraño espiar a los habitantes empujándose: aquellos cuyas espaldas ya daban al vacío luchaban sonámbulos para entrar. El joven y la muchacha miraban sacudiéndose el polvo de las ropas. En ese momento el reloj de la torre sonó lejos, tranquilo… El reloj de la iglesia se lanzó más potente, mezclándose con la delicadeza de las otras horas. Lucrécia se inquietó. Poco después el teniente apenas podía seguirla, la joven iba delante casi corriendo. El principal acontecimiento de la noche de S. Geraldo no había sido ni siquiera anunciado, la pequeña ciudad estaba todavía milagrosamente entera. Felipe se reía irritado: ¡No corras, chica!, doblaron la esquina y se encontraron en la plaza de piedra. La torre del reloj aún vibraba.

La plaza estaba desnuda. Tan irreconocible bajo la luz de la luna que la joven no se reconocía. También Felipe se paró aliviado: ¡Malditos!, exclamó, empujando el quepis hacia atrás.

El sábado era la noche de varios mundos; el teniente tosió transmitiéndoles sucesivamente la voz sin palabras. Las ventanas se estremecieron con el relincho. No soplaba ningún viento. A pesar de la luz, la estatua del caballo en tinieblas. Se veía, un poco más nítida, la punta de la espada del caballero suspendiendo un fulgor parado. El resplandor de la luna imprimía mil puertas mudas en las puertas y la plaza se había quedado pasmada en la postura torcida en que había sido sorprendida. Era el mismo frío reconocimiento de cuando se oía el clarinete de un ciego… Las losas casi reveladas, apenas se las podía tocar con los botines. La joven dio incluso dos palmadas… que se dividieron inmediatamente en una salva sorda; toda la plaza aplaudía. En menos de un segundo los aplausos se dispersaron y uno u otro fueron a extinguirse en los recodos indeterminados por la oscuridad. La joven escuchó un poco hostil, sus dos manos calaron con decisión el sombrero en la cabeza. Se despidió de Felipe diciéndole que no convenía que los viesen juntos.

Apenas había comenzado a caminar sola y ya se arrepentía, porque eso era lo que S. Geraldo quería. Andaba contenida, mecánica, intentando incluso una cierta ironía. Pero los pasos se multiplicaban y la plaza de piedra marchaba. Se interrumpió sin avisar, se ató los cordones del botín… Cuando levantó la cabeza decidió no dejar de mirar el edificio más estrecho, la menor sombra. Las tiendas cerradas con las persianas de hierro. Estaba siendo delicada con todos. Incluso toco esta farola, pensó más confiada. La farola estaba helada.

En unos instantes la música de la banda llegaba por el aire; el quiosco refulgía bajo las luces amarillas. Pero el sonido se retenía al margen de las calles desiertas. Lucrécia miró hacia arriba también, con alguna insolencia. Pero en cada ventana de la ciudad desierta un hombre se balanceaba en la sombra de las persianas venecianas; las venecianas oscilaban. La muchacha se estremecía de miedo de estar viva. Ciertas cosas daban la misma señal, la falta de viento, un ciego tocando, la luna sobre la piedra... Se persignó rápidamente mientras un ratón gordo se doraba bajo la farola. Sonaron pasos secos. El soldado, disminuido por la distancia, apareció en una esquina y desapareció por otra... El sábado era la noche de los borrachos. Un papel temblaba en el suelo. Entonces ella empezó a correr antes de que todo empezase hasta alcanzar la puerta de la casa. Tocó el timbre largamente...

La estridencia inesperada del sonido atravesaba el espacio oscuro. La joven parecía haber tocado el timbre de otra ciudad. Esperó un momento. Pero después de haberse manifestado a través del timbre no se atrevía ya a estar de espaldas; empezó a golpear con los puños cerrados, el ratón corría tranquilo cerca de la carreta dormida; ella golpeaba y miraba al cielo. Las nubes transportadas parecían inmóviles y la luna pasaba... ella golpeaba, golpeaba con los puños cerrados mirando al cielo, sus cabellos crecían de ingenuidad y de horror, cada vez era más peligroso, las casas en pie... Al final, desde lo alto de la escalera, tiraron de la cuerda de la cerradura. Con un crujido la puerta se entreabrió.

Entonces, de repente, las campanas se sacudieron como cristal, desde el quiosco de música se esparcieron sobre la ciudad, estallaron los fuegos artificiales. Las cosas se rompían por accidente casi antes de que ella se protegiera. Cerró fuertemente la puerta.

Poco a poco, en la oscuridad tranquilizadora, se abandonó. Todavía estaba erizada, cada punta recubierta de algo que no podría ser tocado, las columnas de la barandilla torcidas. También el tamaño de S. Geraldo se había ampliado y ella miró de abajo arriba la inmensa escalera que subía. Las campanas tocaban. Din, don, din, don, escuchó con atención. Imaginó que las calles se habían iluminado con el tañer de las campanas… Ahora, la noche era de oro. Lucrécia Neves había escapado.

La buhardilla donde vivía estaba atravesada por cañerías de agua y por ventanas, lo que la hacía muy frágil; la joven subía los escalones que se estremecían con las últimas vibraciones de las campanas.

El pueblo de S. Geraldo, en 192…, ya mezclaba con el olor a establo algún progreso. Cuantas más fábricas se abrían en los alrededores, más se levantaba el pueblo con vida propia sin que sus habitantes pudiesen decir que la transformación les alcanzaba. Los movimientos ya se habían congestionado y no se podía atravesar una calle sin tener que sortear una carreta tirada por lentos caballos mientras un automóvil impaciente tocaba la bocina detrás lanzando una humareda. Hasta los crepúsculos eran ahora desvaídos y sanguinolentos. Por la mañana, entre los camiones que pedían paso para la nueva fábrica, transportando madera y hierro, las cestas de pescado, traídas por la noche de centros mayores, se esparcían por la calzada. De las buhardillas bajaban mujeres despeinadas con cazuelas, los peces eran pesados casi en la mano mientras los vendedores en mangas de camisa voceaban el precio. Y cuando sobre el alegre movimiento de la mañana soplaba el viento fresco y perturbador, se diría que la población entera se preparaba para embarcar.

Al ponerse el sol los gallos invisibles aún cantaban. Y, mezclándose todavía con el polvo metálico de las fábricas, el olor de las vacas nutría el atardecer. Pero de noche, con las calles repentinamente desiertas, ya se respiraba el silencio como desasosiego, como en una ciudad; y en la luz temblorosa de las casas todos parecían estar sentados. Las noches olían a estiércol y eran frescas. A veces llovía.

La tumultuosa vida de la calle del Mercado estaba fuera de lugar en aquel ambiente donde un gusto rancio reinaba en los balcones de hierro forjado, en las fachadas lisas de las buhardillas y en la iglesia cuya arquitectura modesta se levantaba en el antiguo silencio. Lentamente, sin embargo, la plaza de piedra se perdió entre los gritos con que los carreteros imitaban a los animales para hablar con ellos. Por la necesidad cada vez más urgente de transporte, grupos de caballos habían invadido el barrio, y en los niños aún agrestes nacía el secreto deseo de galopar. Incluso un bayo joven había dado una coz mortal a un niño. Y el lugar donde el niño audaz había muerto era mirado por la gente con una censura que en realidad no sabían a quién dirigir.

Con las cestas en los brazos ellas se paraban a observar.

Hasta que un periódico se enteró del caso y se leyó con cierto orgullo una nota —donde no faltaba ironía sobre la lentitud con que una serie de pueblos se civilizaban— con el título de «El crimen del caballo en un pueblo».

Este era el primer nombre claro en S. Geraldo y, una vez que por fin había sido llamado, los moradores miraban con rencor y admiración a los grandes animales que invadían al trote la ciudad llana. Y que de repente se detenían con un largo relincho, las patas sobre las ruinas, aspirando con las narinas salvajes, como si hubiesen conocido otra época en la sangre.

Pero a las dos de la tarde las calles estaban secas y casi desiertas, el sol en vez de revelar las cosas las ocultaba en luz; las calles se prolongaban indefinidamente y S. Geraldo se convertía en una gran ciudad. Tres mujeres de piedra aguantaban la fachada de un edificio moderno que unos andamios todavía obstruían; era el único lugar en sombra. Un hombre se había apostado debajo. ¡Ah!, decía un ave cortando oblicuamente la intensa luz. En respuesta, las tres mujeres aguantaban el edificio. ¡Ah!, gritaba el pájaro distanciándose sobre los tejados. Un perro olisqueaba las alcantarillas iluminadas. Hombres espaciados, jugadores de sombrero de paja y palillo en la boca, espiaban. De la carbonería Coroa de Ferro salió una cara negra de ojos blancos. Lucrécia Neves metió la cabeza en la frescura de la carbonería; espió un poco. Cuando la retiró allí estaba la calzada… Qué realidad veía la joven. Cada cosa. Pero de repente, en el silencio del sol, una pareja de caballos salió de una esquina. Durante un momento se inmovilizó con las patas en alto. Las bocas fulgurando.

Todos miraron desde sus lugares, duros, separados.

Pasada la ofuscación de su llegada los caballos curvaron el pescuezo, bajaron las patas. Los vagabundos con sus sombreros de paja se movieron rápidamente, una ventana golpeó. Reactivada, Lucrécia entró en el almacén.

Cuando salió con los paquetes las calles ya se habían transformado. En vez del vacío del sol, cada cosa se movía buscando sus propias formas utilizando las menores sombras. El barrio era ahora insignificante y minucioso; se había iniciado la tarde. Donde había agua, la brisa la ondulaba. Una persiana metálica subió con una primera estridencia y se reveló la casa de quincallería, la tienda de las cosas. Cuanto más viejo un objeto más se desvanecía. La forma olvidada durante su uso se erguía ahora en el escaparate para incomprensión de los ojos; y así espiaba la muchacha, codiciando la cajita de cerámica rosada.

Había dos flores pintadas sobre la tapa.

Hasta que la sombra de la manguera se alargó sobre la calzada. Llegada a este punto la tarde fue inmutable. Algunas personas pensaron en un pícnic. Pero no lo hicieron: una se quedó de pie en una esquina, otra miraba a través del visillo de una ventana, otra volvía a contar los puntos de la labor de ganchillo.

Ese mismo día, cuando el sol ya se ponía, el oro se esparció por las nubes y por las piedras. Los rostros de los habitantes se doraron como armaduras y así brillaban los cabellos sueltos. Las fábricas polvorientas pitaban continuamente, la rueda de una carreta tenía aureola. En ese oro pálido entre la brisa había una ascensión de espada desenvainada; así se erguía la estatua de la plaza. Pasando por las calles más leves los hombres bajo la luz parecían venir del horizonte y no del trabajo. El barrio de carbón y hierro se transportaba a lo alto de una colina, las ramas de los almendros se balanceaban. Caballos, la tierra negra y el estanque seco de la plaza habían prestado cierta arrogancia a los moradores de S. Geraldo. Y una audacia que recordaba a la cólera sin ira. Los hombres se decían mucho unos a otros: ¿Qué pasa? ¿No me has visto nunca? Era normal que tuvieran los ojos grises y brillantes como monedas de plata.

El domingo por la mañana el aire olía a acero y los perros ladraban a los que salían de misa. Y por la tarde, en las primeras angustias de un domingo de ciudad, la gente, muy lavada en la calle, espiaba hacia arriba: en un ático alguien practicaba con el saxofón. Escuchaban. Como en una ciudad ya no sabían adónde ir.

A pesar del progreso el pueblo conservaba lugares casi desiertos, ya en la frontera con el campo. Esos lugares rápidamente tomaron el nombre de «paseos». Y también había personas que, invisibles en la vida pasada, adquirían ahora cierta importancia solo por negarse a los nuevos tiempos. La vieja Efigênia vivía a una hora de la Cancela. Cuando murió su marido continuó manteniendo el pequeño corral, sin querer mezclarse con el pecado naciente. Y aunque solo iba a la calle del Mercado para dejar las cántaras de leche, se había convertido un poco en la dueña de S. Geraldo. Se paraba junto a una tienda, con la mirada seca que parecía que no necesitase ver, le preguntaban riendo tímidamente cómo iban las cosas, como si ella pudiese saber más que los demás. Porque de la propia modernización de S. Geraldo había nacido un tímido deseo de espiritualidad, del cual la A. J. F. S. G. era uno de los resultados. Cuando Efigênia decía que se había despertado de madrugada lanzaba una gran inquietud sobre los comerciantes que, en su calidad de jefes, ya empezaban a decir: S. Geraldo necesita una dirección. Aunque la vida espiritual que vagamente atribuían a Efigênia se resumiese después de todo en el hecho de que ella no afirmaba ni negaba, en que no participaba ni siquiera de sí misma, hasta tal punto llegaba su austeridad. A ser callada y dura como les sucedía a las personas que nunca habían necesitado pensar. Mientras en S. Geraldo se empezaba a hablar mucho.

En esa época de brisa e indecisión, en ese momento de la ciudad apenas erguida, cuando el viento es presagio y la luz de la luna horroriza porque es una señal, en el descampado de esta nueva era nació y murió la Asociación de la Juventud Femenina de S. Geraldo. Desde su inicio dedicado a la caridad, el grupo, fustigado por los motores de los talleres, interrumpido por el tráfico de los caballos y por el repentino silbato de las fábricas, pasó inesperadamente a tener su propio himno y, en un giro que asustó incluso a las socias, su fin era ahora el de ennoblecer las cosas bellas. La Asociación se habría limitado tal vez a la organización de tómbolas y recreos si no hubiera sido por Cristina, que encendió un fuego vacío y destinado al vacío, donde se consumirían las socias en nombre del alma que debe progresar. Poco a poco las jóvenes se reunían con un ardor en realidad ya sin causa. Por la tarde se veía entrar en la casa de reunión grupos apresurados de muchachas bajitas, de caderas bajas y cabello largo, un tipo femenino de aquella zona. En nombre de una esperanza que asustaba se incitaban y se manifestaban en el himno que hablaba con violencia apenas contenida de la alegría de las flores, del domingo y del bien. Ellas tenían miedo de la ciudad que nacía. En el domingo cantado cosían, se interrumpían al mediodía, sofocadas, pasándose la mano por los labios que el bozo oscurecía; se acostaban pronto. Y en la gran noche de S. Geraldo sucedía por fin algo cuyo sentido confuso y polvoriento intentaban en vano cantar de día con la boca abierta. Escuchando en el sueño, revolviéndose, llamadas sin poder ir, perturbadas por la importancia insustituible que tiene cada cosa y cada ser en una ciudad que nace. Pero Cristina las instigaría en la reunión siguiente. Bastaba su presencia para agitar al grupo y, poco después, entre proyectos de pureza y amor al alma, sin que en la sombría sala de reunión una palabra más clara pudiese ser pronunciada, todas estaban excitadas por el camino del bien: Cristina es nuestra vanguardista, decían sonrientes. Era un disimulado intento del espíritu por el lado por donde este menos lo esperaba. Mientras, Cristina establecía con la facilidad de la inteligencia nuevos principios: la vida que se lleva por dentro no es la vida terrena, decía, el sacrificio de la carne es realizarse como carne, decía. Las fábricas silbaban anunciando el fin del trabajo. Poco después también se oyó bajar las persianas de hierro de las tiendas, pero a las muchachas les costaba separarse y en la sala ya oscura se movían sin saber qué hacer.

Cristina era una muchacha baja como tenía que ser una mujer, un poco gorda como tendría que ser una mujer. Era la muchacha más avanzada del barrio, lo que no impedía que llamase poco la atención de los hombres. Estos, más inocentes y leales que las mujeres de S. Geraldo, se acercaban a ella por curiosidad: ella olía a leche, a sudor, a ropa; ellos olfateaban y se iban.

Cuando Lucrécia entró en la A. J. F. S. G. encontró a las socias dándose tanta libertad espiritual que ya no sabían qué más ser. De tanto exteriorizarse habían acabado como las flores cantadas, tomando un sentido que sobrepasaba la existencia de cada una, agitándose como las calles ya inquietas de S. Geraldo. En definitiva: se había formado el tipo de persona adecuada para vivir en aquel tiempo en un pueblo.

Lucrécia se había acercado atraída por la idea de los bailes, pero Cristina y ella se miraron desde la primera vez como enemigas. Sin embargo, Lucrécia no era inteligente y fue vencida. Además todo allí parecía extraño a la joven, y la palabra «ideal», que las otras tanto usaban, le sonaba desconocida. «¡El ideal, el ideal!». Pero ¿qué querían decir con el ideal?, les preguntó obstinada, incluso altiva. Las chicas, confusas, la miraron rencorosas. Lucrécia no tardó en retirarse mientras Cristina ganaba fuerza, cada vez más cruel y feliz. Y poco después la perturbación causada por Lucrécia fue olvidada. Igual que la población ya había dejado de acusar a los caballos.

Estos, ahora desapercibidos por la costumbre, eran sin embargo la fuerza oculta sobre S. Geraldo. Y también Lucrécia, ignorada por la Asociación.

La joven y un caballo representaban las dos razas de constructores que iniciaron la tradición de la futura metrópolis, ambos podrían servir como emblemas para su escudo. La ínfima función de la muchacha en su época era una función arcaica que renace cada vez que se funda un pueblo, su historia formó con esfuerzo el espíritu de una ciudad. No se podría saber qué reinado representaba en la nueva colonia porque su trabajo era demasiado corto y casi inexplorable; todo lo que ella veía era «algo». En ella y en un caballo la impresión era la expresión. En realidad una función bien tosca: ella indicaba el nombre íntimo de las cosas, ella, los caballos y algunos otros; y más tarde las cosas serían miradas con ese nombre. La realidad necesitaba de la muchacha para tener una forma. «Lo que se ve» era su única vida interior; y lo que veía se convirtió en su vaga historia. Que si le fuese revelada solo le daría el recuerdo de un

pensamiento antes de quedarse dormida. A pesar de no poder-
se reconocer en la revelación de su vida secreta, ella la guiaba;
la conocía indirectamente como la planta se sentiría tocada si
hiriesen su raíz. Estaba en su pequeño destino insustituible pasar por la grandeza de espíritu como por un peligro y después
decaer en la riqueza de una edad de oro y oscuridad, y después
perderse de vista; fue lo que sucedió con S. Geraldo.

La idea que la Asociación tenía de «progresar» había encontrado a Lucrécia con la atención ya despierta, queriendo
salir de la dificultad e incluso usarla, porque la dificultad era su
único instrumento. Hasta alcanzar la extrema docilidad de visión. Pasaban carretas. La iglesia tocaba las campanas. Los caballos esclavizados trotaban. La torre de la fábrica al sol. Todo
eso se podía ver desde una ventana, olfateando el aire nuevo.
Y la ciudad iba tomando la forma que su mirada revelaba.

En ese momento propicio en que las personas vivían, cada
vez que mirase nuevas extensiones emergerían, y un sentido
más se crearía; esta era la poco útil vida íntima de Lucrécia Neves. Y eso era S. Geraldo, cuya historia futura, como el recuerdo de una ciudad sepultada, sería solo la historia de lo que se
hubiese visto.

Hasta centros espiritistas empezaban a formarse tímidamente en el barrio católico y la misma Lucrécia inventó que a
veces oía una voz. Pero en realidad le sería más fácil ver lo sobrenatural; tocar la realidad es lo que estremecería sus dedos.
Ella nunca había oído ninguna voz, ni siquiera deseaba oírla;
ella era menos importante, y estaba mucho más ocupada.

Y así era S. Geraldo, repleto de carretas chirriantes, de buhardillas y mercados, con planes de construir un puente. Ape-

nas se podía adivinar su humedad radiante y tranquila que en ciertas madrugadas venía de la niebla y salía de las ventas de los caballos; la humedad radiante era una de las realidades más difíciles de vislumbrar. Desde la ventana más alta del Convento, los domingos, después de atravesar la Cancela y la zona ferroviaria, la gente se asomaba y la adivinaban a través del crepúsculo: allí, allí estaba el barrio extendido. Y lo que veían era el pensamiento que nunca podrían pensar. «Es el paseo más bonito de S. Geraldo», decían entonces balanceando la cabeza. Y no había otra manera de conocer el barrio. S. Geraldo solo se podía explorar con la mirada. También Lucrécia Neves, de pie, espiaba la ciudad que desde dentro era invisible y que la distancia convertía otra vez en un sueño. Ella se asomaba sin ninguna individualidad, buscando solo mirar directamente las cosas.

Terminada la romería dominical al Convento, las casas se iluminaban una a una, cuanto más entra uno en el centro menos sabe cómo es una ciudad.

Ah, si yo pudiese ir hoy mismo a un baile, pensaba la chica el domingo por la noche, tocando la mesita de la sala de estar con delicadeza. Le gustaba mucho divertirse. Contenta, de pie junto a la mesita, riendo ante la idea de un baile, sus dientes amarillos aparecían con inocencia.

Pero por lo menos ella paseaba cuanto podía, entre las cosas del Mercado, con sombrero, con una bolsa, alguna carrera en las medias. Salía y entraba en casa, o se ocupaba durante horas de la ropa, transformando, corrigiendo; tenía algunos pretendientes y se cansaba mucho; con sombrero y guantes viejos atravesaba el Mercado del Pescado.

Y paseaba. Incluso con el doctor Lucas cuando se encontraban por casualidad, sus relaciones casi de paciente y médico, la mujer de él enferma en el Sanatorio de S. Geraldo, y Lucrécia Neves orgullosa de ir con un hombre licenciado; bajaban seis escalones de cemento hacia el parque que se extendía bajo el nivel del pueblo. Hojas húmedas yacían en el suelo y de las plantas venía un nuevo olor de algo que se estaba construyendo y solo el futuro vería.

El parque de S. Geraldo era amarillo y gris con los largos tallos ennegrecidos y las mariposas. Y aquella era su amistad con un hombre joven y austero. Aunque Lucrécia Neves no era sensual, la diferencia de sexos le causaba una cierta alegría. En el parque había juegos para niños, farolas negras, soldados con sus novias; era uno de los paseos de S. Geraldo. El doctor Lucas le había prestado una vez un libro, pero a ella le costaba asimilarlo, como por tozudez y excesiva paciencia. Además nunca había necesitado inteligencia. Se sentaron en un desnivel y, como él escribía para la *Revista Médico-Social*, la joven dijo que ¡tal vez un día escribiría la novela de su vida!, y miró el aire con altivez. Todo era mentira y hacía frío, el médico le aconsejaba; y ella en el fondo sentía aquel malestar feliz que era desconfianza por lo que podía venir de un hombre; la chica era muy desconfiada. Y lenta. Porque hablaba y hablaba con el médico y no conseguía transmitirle nada. Pero, por lo menos, lo espiaba todo con claridad: veía soldados y niños. Su forma de expresarse se reducía a mirar bien, ¡le gustaba tanto pasear! Y así eran también los habitantes de S. Geraldo, tal vez inspirados por la finura del aire de toda aquella zona, propensa a fuertes lluvias y a cálidos veranos. Ya de pequeña Lucrécia mantenía durante horas los ojos abiertos en la cama escuchando el ruido de alguna que otra carreta que, al pasar, parecía marcar su destino terrestre. Mientras, en otros lugares, niños más felices, hijos de pescadores, se hacían a la mar. Después, más mayores, los niños a primera hora de la mañana ya no estaban en casa, volvían sucios, rasgados, con algo en la mano.

Tal vez llamada por el inicio de visión que había tenido el domingo desde la ventana del Convento, el lunes la chica buscó el otro paseo de S. Geraldo: el arroyo. Atravesaba la Cancela y los raíles, bajaba deprisa el declive espiándose los pies. Por un momento inmovilizada parecía reflexionar profundamente. Aunque no pensase en nada. Y de repente, irreprimible, seguía el rumbo contrario; subía a la colina del pasto, cansada de su propia insistencia. A medida que subía se divisaban a la izquierda un trozo adivinado del pueblo, las casas renegridas... Nada se veía delante excepto la línea ascendente que se establecería por fin en la colina.

Donde se quedaría de pie, espiando. Todavía jadeante por la subida. Seria, obediente. Encontrando solo las nubes que pasaban y la gran claridad. Pero ella no parecía desilusionada.

A pesar del cielo alto el aire en la colina era tormentoso y, a veces incontenible, arrastraba con violencia un papel o una hoja. Las latas y las moscas no llegaban a poblar el descampado. A esa hora del día se pisaban hierbas ardientes y no se subyugaría con la mirada la aridez y el viento del altiplano; una ola de polvo levantándose bajo el galope de un caballo imaginario. La joven esperaba paciente. ¿Qué especie de verosimilitud había ido a buscar a la colina? Ella espiaba. Hasta que al caer la tarde iba despertando la intermitente humedad que al atardecer levita en el campo. Y la posibilidad de rumor que la oscuridad favorece.

Pero por la noche los caballos, liberados de las cargas y conducidos al pasto, galopaban finos y sueltos en la oscuridad. Potros, rocines, alazanes, delgadas yeguas, cascos duros, una cabeza fría y oscura de caballo, los cascos golpeando, hocicos espumantes irguiéndose hacia el aire en ira y murmullo. Y a veces un suspiro que enfriaba las hierbas con un temblor. Entonces el bayo se adelantaba. Andaba de lado, con la cabeza curvada sobre el pecho, cadencioso. Los otros asistían sin mirar.

Medio sentada en la cama Lucrécia Neves adivinaba los cascos secos avanzando hasta detenerse en el punto más alto de la colina. Y la cabeza que domina el barrio lanzando un largo relincho. El miedo la poseía en las tinieblas de su cuarto, el terror de un rey, la joven desearía poder responder enseñando las encías. En la envidia del deseo su rostro adquiría la nobleza inquieta de una cabeza de caballo. Cansada, jubilosa, escuchando el trote sonámbulo. En cuanto saliese del cuarto su forma adquiriría volumen y límites, y cuando llegase a la calle ya estaría galopando con patas sensibles, los cascos resbalaban en los últimos escalones. Desde la calzada desierta miraría: a un lado y a otro. Y vería las cosas como un caballo. Porque no había tiempo que perder, incluso de noche la ciudad trabajaba fortificándose y por la mañana nuevas trincheras estarían en pie. Desde su cama intentaba al menos escuchar la colina del pasto donde en las tinieblas caballos sin nombre galopaban devueltos al estado de caza y de guerra. Hasta que se dormía.

Pero los animales no abandonaban el pueblo. Y si en medio de la ronda salvaje aparecía un potro blanco, era una maravilla en la oscuridad. Todos se detenían. El caballo prodigioso *aparecía*. Se empinaba un instante. Inmóviles, los animales esperaban sin mirarse. Pero uno de ellos golpeaba con los cascos. Y el leve retumbar rompía la vigilia; fustigados, se movían repentinamente alegres, entrecruzándose sin tocarse y entre ellos se perdía el caballo blanco. Hasta que un relincho de súbita cólera los avisaba, por un momento atentos, se desperdigaban en una nueva composición de trote, el dorso sin caballero, baja la cerviz hasta que la boca tocaba el pecho. Las crines erizadas; regulares, incultos.

En la profundidad de la noche los encontraba inmóviles en las tinieblas. Estables y sin peso. Allí estaban ellos, invisibles, respirando. Esperando con la inteligencia corta. Abajo, en el barrio adormecido, un gallo volaba y se encaramaba al alféizar de una ventana. Las gallinas espiaban. Más allá de las vías del tren un ratón a punto de huir.

Entonces el tordillo golpeaba con la pata. Ninguno tenía boca para hablar, pero uno daba una pequeña señal que se manifestaba de espacio a espacio en la oscuridad. Ellos espiaban. Aquellos animales tenían un ojo para ver a cada lado, nada se veía de frente, y esa era la noche de S. Geraldo, los flancos de un caballo recorridos por una rápida contracción. En los primeros silencios una yegua miraba de reojo como si estuviese rodeada por la eternidad. El potro más inquieto todavía erguía las crines en un sordo relincho. Por fin reinaba el silencio.

Hasta que la madrugada los revelaba. Estaban separados, de pie en la colina. Exhaustos, frescos.

Y, al rayar la aurora, cuando todos dormían y la luz apenas se había separado de la humedad de los árboles, al rayar la aurora el punto más alto de la ciudad pasaba a ser Efigênia.

Del horizonte lívido un pájaro se erguía, y cerca de las vías del tren iban pasando los jirones de niebla. Los árboles espaciados todavía mantenían la inmovilidad de la noche. Solo las briznas de hierba se estremecían con el frescor; en el campo vibraba una hoja de papel viejo. Efigênia se levantaba y miraba la planicie cuya antigua aspereza había sido alisada por el viento de tantas noches. Tocaba la luz del cristal de la ventana limpiándolo con el codo. Entonces se arrodillaba y rezaba la única frase que se le había quedado del orfanato de las Hermanas, de aquel tiempo en que la ventana más alta del Convento se abría a un villorrio perdido. Siento en mi carne una ley que contradice la ley de mi espíritu, decía ausente. Lo que era su carne, nunca lo había sabido; en ese momento era una forma arrodillada. Lo que era su espíritu, lo ignoraba. Tal vez fuese la luz apenas intuida de la madrugada sobre los raíles. Su cuerpo le había servido solo de señal para ser vista; su espíritu, ella lo veía en la planicie. Rascándose violentamente en su transfiguración; ya no se podría decir que era pequeña porque arrodillada perdía la forma reconocible. El reumatismo era su dureza. Y tanto se concentraba difusa en la claridad de su espíritu sobre el campo que este ya no le pertenecía. Así se mantenía, pensando a través de la luz que veía. El papel volaba sobre la planicie, se arrimó a un árbol y temblaba preso contra el tronco. Siento en mi carne una ley que contradice la ley de mi espíritu, decía carraspeando en la madrugada; todo se estremecía cada vez más aunque nada se transformase.

Sin embargo una hoja vibraba como acero en medio del follaje oscuro como una señal para ser vista. Efigênia se levantaba con esfuerzo, recuperaba la forma seca y entraba en la cocina. Las cazuelas estaban frías y los fogones muertos. Poco después la llama se erguía, la humareda llenaba la habitación y la mujer tosía con los ojos llenos de lágrimas. Se los secó, abrió la puerta del fondo y escupió.

La tierra del patio estaba dura. En el espacio el alambre de tender ropa. Efigênia se frotaba las manos para calentarlas; todo aquello estaba para ser transformado por su mirada. Una mirada que no venía de los ojos sino de la cara de piedra, así era como los otros la veían y sabían que era inútil lamentarse. Ante aquel rostro ellos tenían que esconder la debilidad, mostrarse rudos y no esperar alabanzas; de esta forma Efigênia era buena y sin piedad. Volvía a la cocina, tomaba varios sorbos de café soplando, tosiendo, escupiendo, llenándose del primer calor. Entonces abría la puerta y la humareda se liberaba. De pie en el umbral de la puerta, sin súplica, sin perdón.

Y la claridad neutra cubría el campo. Pájaros oscuros volaban. Todo el follaje estaba ahora traspasado de luz, de gravedad y de perfume. La mujer escupía a lo lejos con más seguridad, los brazos en jarras. Su dureza de joya. El alambre se balanceaba bajo el peso de un gorrión. Ella escupía otra vez, áspera, feliz. El trabajo de su espíritu ya se había hecho: era de día.

2

El ciudadano

«Los seres marinos, cuando no tocan el fondo del mar, se adaptan a una vida flotante o pelágica», estudió Perseu la tarde del 15 de mayo de 192…

Heroico y vacío, el ciudadano siguió de pie junto a la ventana abierta. Pero en realidad nunca podría transmitir a nadie su forma de ser armonioso, y, aunque hablase, no diría una palabra que cediese el encanto de su apariencia: su extrema armonía era solo evidente.

«Los animales pelágicos se reproducen con profusión», dijo con hueca luminosidad. Ciego y glorioso, eso era lo único que se podía saber de él viéndolo en la ventana de un segundo piso. Pero nadie podría sondear su armonía; tampoco él parecía sentir otra cosa más que a ella. Porque este era su grado de luz. «Los animales y vegetales marinos con profusión», dijo sin ímpetu pero sin freno porque este era su grado de luz. No importa que en la luz él fuese tan ciego como los otros en la oscuridad. La diferencia es que él estaba en la luz. «Flotantes», dijo. Desapercibido en la ventana porque él era solo uno de los modos de ser S. Geraldo. Y también uno de sus cimentadores por el hecho de haber nacido cuando el pueblo también se levantaba, únicamente por tener un apellido que solo sería extraño cuando un día S. Geraldo cambiase de nombre; de pie ante la ventana abierta. Esa era la naturaleza de un tipo de hombre.

Y así siguió observando con aplicación a Efigênia, que en la calle cargaba con una cesta. La mujer se paró y, mientras descansaba, paseó su mirada con ocio y alguna desesperación por los alrededores batidos por el sol; eran casi las tres y todas las puertas empezaron a abrirse al mismo tiempo. Efigênia volvió a coger la cesta. Para, un poco más adelante, detenerse de nuevo y arrastrar penosamente el fardo. Al final se paró otra vez, pero Perseu era paciente. «Los animales», dijo. La mujer volvió a coger la cesta. «Se reproducen profusamente», dijo Perseu. Memorizar era bonito. Mientras se memorizaba no se reflexionaba, el vasto pensamiento era el cuerpo que existía; su concretización era luminosa: él estaba inmóvil ante una ventana. «Se alimentan de microvegetales fundamentales, de infusorios, etc.».

«¡Etc.!», repitió, brillante, indomable.

Y ahora se callaba, moroso y lleno de sol. «Los seres marinos», dijo en un murmullo; la inconsciencia del muchacho dominaba ampliamente la ciudad. «Se reproducen», añadió sombrío. Sus alas eran grandes alas inmóviles. Se asomó entonces a la ventana y gritó:

—¡Frutero! ¡Suba!

¡Ah!, voló un grajo espantado.

Grande, revelado en los brazos desnudos, compró mandarinas en el corredor oscuro.

Volvió y se encaramó al alféizar de la ventana. Poco después comía y tiraba las pepitas a la callejuela oscura. Miraba parpadeando: la pepita daba dos saltos antes de inmovilizarse al sol. Perseu no la perdía de vista a pesar de la distancia y de las personas que se entrecruzaban apresuradas: él era paciente.

Y poco después la calle estaba llena de puntos concretos: innumerables pepitas esparcidas en una disposición que tenía un sentido flagrante, solo que incomprensible. Así como los edificios dispuestos en la calle. Estaba en su naturaleza poder poseer una idea y no saber pensarla, entonces la exponía, ofuscado, persistente, lanzando las pepitas. Había incluso algunos chistes sobre la lentitud de la inteligencia de los hombres de S. Geraldo, ¡en cambio las mujeres eran tan ingeniosas! «¡Se reproducen con extraordinaria profusión!», dijo el muchacho de repente fustigado.

Poco tiempo después estaba otra vez absorbido por la especie de perfección que había en tirar pepitas; todo lo que se parecía a mecanismos ya empezaba a interesar a los nuevos ciudadanos. Absorbido pero lejano, porque parecía imposible que una acción llenase su tiempo: él tiraba al vacío. Solo alguna señal hacía que dentro de esa amplitud estuviese particularmente su vida. «Los seres marinos pelágicos», dijo bastante alto con la boca llena.

Lo que salvaba de la angustia a esta criatura perdida es que ella estaba perdida como Dios quiere que se sea inocente: él comía y tiraba las pepitas. El mundo podía pasar sin ese albañil ciego. Pero, ya que vivía, nadie más podría ejecutar su trabajo, tan intransmisible se había vuelto ya; así tiró tres pepitas más, echando la cabeza atrás y mirando con un ojo cerrado… «Vida flotante o pelágica», exclamó recuperándose. Tras el rostro bello y resignado había otro que, repitiendo los rasgos externos, tenía una expresión un poco horrible, la expresión de un pensamiento profundo. Y una intolerancia moral —la de los sangeraldenses— al mismo tiempo mayor y más amorfa que la del rostro exterior que buscaba cierta unidad que fuese inmediatamente comprendida por un espejo: tras el rostro dorado y cortés un olor casi desagradable de establo porque él era aún muy joven.

Así habían transcurrido varios momentos proporcionales y madurados mientras el muchacho tiraba las pepitas como si hubiese cincelado oro en un taller. La primera campanada del reloj le hizo levantar un rostro soñoliento por la aplicación. Durante un instante una cara fuera del alcance esperaba sin interés lo que le iban a decir. El reloj de la plaza daba las tres sobre S. Geraldo y, bajo las campanadas vibrantes, el pueblo se fue sumergiendo. Cuando reapareció escurriéndose de las últimas resonancias, el pueblo era claro y todo podía ser visto; sobre la mesa de la ventana yacía el libro abierto, y en la página revelada por la súbita nitidez de la hora estaba escrito:

—Este animal discoidal está formado de acuerdo con la simetría basada en el número 4.

¡Así estaba escrito! Y el sol golpeaba de lleno sobre la página polvorienta. Por la casa de enfrente subía incluso una cucaracha… Entonces el chico dijo aquello que era tan brillante como un escarabajo:

—Los seres pelágicos se reproducen con extraordinaria profusión —exclamó al final, de memoria.

El reloj atrasado de la iglesia dio las tres. ¡Ah!, se asustó el grajo de nuevo perseguido. Perseu balanceó las dos últimas pepitas en la palma de la mano y las tiró como dados. ¡El juego estaba hecho! Era la tarde. El chico se paró, maravillado y vacío. Inesperadamente abrió las grandes alas en un bostezo de juventud.

3

La cacería

Esa misma tarde se oyó una cadencia de patas en los adoquines de la calle del Mercado. La carreta y el caballo avanzaban al paso. De repente la cabeza del caballo creció, con un movimiento despavorido se irguió; las encías rojas aparecieron y las riendas le cortaron la boca en un relincho de todo el cuerpo y en la estridencia de las ruedas: el caballo y la carreta. Después el viento siguió soplando en silencio.

Lo que sucedía en la calle no la tocaba pero la llamaba como para ayudar en un incendio.

En el cuarto una joven estaba de pie y, aunque intentaba mantener la sensatez, se encontraba ya entregada al rumor sin lenguaje. También en la habitación los objetos de forma constante se volvieron insoportables después de unos segundos; la muchacha siempre estaba de espaldas a algo; el cuarto ya se había precipitado, pesado de adornos. Solo ella estaba demasiado consciente para empezar el disfraz, el viento entre las casas la acuciaba.

Mientras se descalzaba forzaba incluso la confusión del cuarto y de la calle, de donde obtendría su propia forma. Nada

37

sin embargo la había empujado todavía hacia la realidad de lo que estaba sucediendo. En la habitación sombría la claridad era el ojo de la cerradura.

Al final la elección de un sombrero la concentró permitiéndole ponerse al nivel del aposento. Abrió el cajón y sacó de la oscuridad el sombrero más sofisticado. Buscó con atención una nueva manera de llevarlo. Su impulso era fuerte y nunca se rompería en lágrimas. Con el sombrero calado hasta la frente se miró en el espejo. Se volvía inexpresiva y de ojos vacíos como si esta fuese la manera de verse más real. No llegaba sin embargo a alcanzarse, hechizada por la profunda irrealidad de su imagen. Se pasó los dedos por la lengua, se humedeció las cejas…, entonces se miró con severidad.

Las rosas encarnadas de la pared eran inalcanzables en el espejo, montones de rosas que de tan inmóviles avanzaban.

Hasta que, poseída por la atención misma, Lucrécia empezó a verse con dificultad.

Lucrécia Neves no sería bella nunca. Pero tenía un excedente de belleza que no existe en las personas bonitas. Era áspera la cabellera donde reposaba el sombrero fantástico; y tantos lunares negros esparcidos por la luz de la piel le daban un tono externo que podía tocarse con los dedos. Solo las cejas, rectas, ennoblecían el rostro, donde había algo vulgar como una señal casi invisible del futuro de su alma estrecha y profunda. Toda su naturaleza parecía no haberse revelado: tenía la costumbre de inclinarse para hablar con la gente con los ojos semicerrados; parecía entonces, como el mismo pueblo, animada por un acontecimiento que no se desencadenaba. La cara era inexpresiva a menos que un pensamiento la hiciese dudar.

Aunque no era de esta posibilidad del espíritu y de esta dulzura de lo que ella se aprovechaba. Era lo que había de rígido en un rostro que la muchacha, al prepararse, acentuaba. Y una vez lista —disfrazándose con una futilidad que no intentaba resaltar el cuerpo sino los adornos—, su figura se ocultaría bajo emblemas y símbolos, y en su gracia intensa la joven parecería un retrato ideal de sí misma. Lo que no la alegraba daba trabajo.

Se inclinó de repente hacia el espejo e intentó encontrar el modo de verse más bella; abrió la boca, se miró los dientes, la cerró... Poco después, con la mirada fija, nacía por fin la manera de no penetrar demasiado, de mirar con un esfuerzo delicado solo la superficie y de, rápidamente, no mirar más. La joven miró: las orejas eran blancas entre los cabellos enmarañados de donde nacía un rostro que los lunares salpicados hacían temblar, y no se demoró, porque alcanzaría demasiado si se sobrepasase: ¡esta era la manera de verse más bella!

Suspiró impaciente, animosa. Cerró y abrió los ojos, abrió desmesuradamente la boca para espiar los dientes y durante un instante se vio la lengua roja, como una aparición de belleza y tranquilo horror... Respiró más satisfecha, sin saber por qué, alegrándose: ¡en el cuarto cerrado, lleno de sillas delicadas, todo se volvía tan burlesco con una lengua roja! La muchacha rio con seriedad como si tuviese un enano a quien atormentar. Continuó entonces el disfraz. Contenta, silenciosa y tosca mientras se subía a sus zapatos de charol. Ahora de hecho era más alta y más osada, el clarín daba la señal de rapiña.

Pero, en realidad, su futilidad era un despojamiento severo y cuando ella estuviese preparada parecería un objeto, un objeto de S. Geraldo. Era en eso en lo que trabajaba ferozmente con calma.

Mientras tanto, el rumor íntimo con que se vestía se fue transformando poco a poco en una estupidez terriblemente maliciosa: miraba las rosas en el papel de la pared volviéndose boba por dentro, imitando de algún modo la existencia del armario donde revolvía para encontrar la pulsera. Tocaba una cosa y otra como si la realidad fuese lo intangible. Y era…, con un pequeño golpe en el polvo del zapato, Lucrécia Neves vio que era, aunque se riese como una tonta, el caballo relinchando abajo en la calle. ¡Con un pequeño golpe en el polvo del zapato ella veía las varias formas del cuarto, las rosas, la silla! Pero pasaba por encima de una cierta tozudez que el hecho de haber imitado al armario le había dado, y siguió buscando la pulsera.

—¿Qué estás buscando, bonita? —se preguntaba sin interrumpirse. Vio la cama con una dura vivacidad que se transformó inmediatamente en una búsqueda más vehemente de la pulsera. Cansada. Solo ella había trabajado: ¿cómo dejar de ver que las cosas en el cuarto no se habían transformado ni por un instante? Allí estaban. Solo un momento de debilidad y se destruía lo que había levantado con tantas miradas… Y Lucrécia Neves vio con sorpresa un cuarto inexpugnable, silencioso, con gran sorpresa no encontraba la pulsera.

Trabajando de nuevo, furiosa, lanzando los zapatos a un lado y los pañuelos al otro, buscando. Mientras iba abriendo y cerrando cajones, de los cajones abiertos y cerrados y entrecerrados y abiertos ya renacían planos y rectángulos, las aristas de levantaban, las superficies más expuestas envejecían, las alturas se erguían. Retrocediendo asombradas sus miradas habían recreado la realidad del cuarto. Un poco desconfiada, inocente entre los destrozos… ¿Y la pulsera? Se rascaba, ahora sin majestad, mirando empolvada, encantada, casi miope; ella, que tenía los ojos tan nítidos. Buscaba la pulsera espiando en cuclillas bajo la cama, quejándose herida con una delicadeza de animal: «¿dónde está, Dios mío?», decía rascándose, sacando finalmente del cajón como perlas verdaderas las joyas falsas, levantándolas a la altura de su rostro, dando gloria y esperanza al cuarto. Se paró, ya casi lista, mirando estúpida a su alrededor, con la dificultad de pensamiento que la falta de sensualidad le daba. ¡Faltaba el perfume!

Así pues se embalsamó de perfume, sacudiéndose.

Pero era de día, ¿el sol lleno de viento que soplaba más allá del balcón anularía tantos adornos? Porque ella se había vestido intentando recrear la fuerza de antiguas noches de fiesta, imaginando que iba a encontrar en la sucia calle del Mercado la élite de un baile, prestigios y modales extraordinarios, donde las jóvenes reirían portándose mal, y donde ella diría en alto, amenazando con el dedo: ¡eres malo, Joaquim!

¡Sí!, ¡sí!, un baile sería como si la ciudad de piedra finalmente cediera, o un concierto de banda, un circo o un carrusel, o abordar duramente la casa de familia transformada en baile.

Un baile en S. Geraldo: la noche anegada por la lluvia, ella pisando con los cascos la piedra resbaladiza y los grupos con paraguas llegando. Grupos de caballeros anónimos, los caballeros de madera a cuyo alrededor se danzaba. Cerraba el paraguas empapado. Y cuando empezaba la charanga todos se daban prisa. Los primeros pasos se daban lejos del cuerpo, probando ciegamente el terreno. Pero poco después la música dramática los envolvía. El trombón retumbaba aislado sobre la melodía. A través de las vidrieras, en el salón tibio, la joven veía rápidamente en el vals inglés cómo los hilos de lluvia se volvían de oro despiertos bajo las lámparas de la terraza, levantando una humareda soñolienta. Llovía en la terraza desierta, y ella bailaba. Con la cara pintada y los ojos resistentes, expresando; ¿qué estaría celebrando? Ella bailaba con una nueva composición de trote. Y fuera llovía en silencio. Lucrécia Neves volvía del baile con los pies polvorientos, el vértigo del vals y de los hombres íntimos se arremolinaba aún en sus órganos porque había sucedido algo muy parecido a S. Geraldo: ella había bailado, llovía, las gotas se escurrían bajo la luz, ella danzando, y la ciudad erguida a su alrededor.

El recuerdo del baile la embelesaba en el cuarto donde ahora, ataviada como un grabado de santos, estaba preparada para salir. Con el rostro inmovilizado por el disfraz la joven se examinó ante el espejo.

Estaba dorada y tosca en la sombra.

Así era como se había creado. Aunque todavía le faltase crear voluptuosidad en aquel rostro al que el egoísmo daba un carácter leal; se pintó entonces los labios mojando en la saliva el papel carmesí.

Con la boca sucia su rostro se infantilizó, menor y culpable. En el espejo su elegancia tenía la cualidad falible de las cosas demasiado bellas sin raíz... Con una emoción rápida dio un portazo, gritó con una voz de repente trágica y rota: ¡Mamá, voy a salir! Bajó las escaleras de nuevo lentamente, con cuidado de no resbalar en la sombra con las herraduras.

Así se iba a la calle, a espiar a un lado y al otro. Claro que le gustaría desistir por fin y descansar. A veces incluso se imaginaba, sonriendo con arrobo, subiendo a un barco y haciéndose para siempre a la mar. Pero su viaje era terrestre.

El viento la recibió en la calle, la muchacha se paró protegiéndose los ojos heridos por la luz. Y de repente la claridad la reveló.

Habían cesado las posibilidades, estaba vestida de azul, llena de lazos y pulseras. El sombrero rojo le llegaba hasta las cejas por gusto insalvable de la moda. El bolso encarnado tenía lentejuelas... Pero ¡ella encontraba una calle tan plana! Sin los errores ni las correcciones con que se había construido en el cuarto... Incluso el jilguero de la rama piaba sin equivocación posible porque era la primera vez... Y ¿esta era una calle de tarde?

Otra vez había imitado mal a S. Geraldo. Que a esa hora era casi casto... La tarde abierta descubría al máximo las lentejuelas y los collares. Había traído unas armas inútiles.

Poco después, sin embargo, salía del zaguán de la escalera con un suspiro seco, se enderezaba sin moverse para no desmoronarse, avanzando con cierta insolencia. La misma que la hacía comprarse sombreros que raramente imitaban a la naturaleza: sin pájaros, sin flores, sus sombreros parecían hechos de sombreros, con variaciones de las propias alas, y que ella usaba como si sujetase un objeto.

Poco a poco Lucrécia Neves se recuperaba del choque con la luz y parecía de nuevo más alta y perseguidora. Paseaba con delicadeza de expresión, sin alegría. Su equilibrio sobre los tacones de los botines era tan difícil que andaba entre el equilibrio y el desequilibrio, sostenida por el sombrerito abierto. Solo con un esfuerzo constante mantenía la elegancia en aquel momento porque se había vestido en la oscuridad potente de un cuarto, tal vez para ser vista de noche. Y el día en S. Geraldo no era el futuro, era calles duras, realizadas. La joven se sentía inferior a aquella nitidez sin apelación. ¡Qué actualidad!, qué actualidad veía ella lanzada en lo que estaba sucediendo. Miraba a su alrededor con avidez, ¡qué actualidad! Hacía lo posible para no transponerla, se arreglaba las pulseras que entrechocaban en sus muñecas.

El reloj dio las cuatro. Por un momento pareció esperar la respuesta. Perseu Maria vio que llegaba tarde y se puso a andar más rápido. Su sentimiento era de calma y de alegría porque su cuerpo era grande en la marcha; subía escalones, pisaba adoquines. Él era grande en la marcha. Y no sabía lo que pensaba porque era fuerte. En un momento dado dijo, en la intimidad exterior con la que se veía a sí mismo andando, dijo con una vacilación penosa que venía de una cierta conciencia de su soledad: «El suelo». Así pensó él, como un niño que dice: «el suelo». Pero cuando levantó los ojos de su sueño profundo percibió que no llegaba tarde. Lucrécia justamente se acercaba al punto de encuentro. El chico se paró en la esquina obstaculizado por el camión. Se miraron. Él la miró. ¡Qué rostro!

Estaba pensando.

Después pensó más claro: «el rostro». Cuando la veía de lejos la veía mejor. Con pulseras y lentejuelas parecía una víctima. Perseu añadió al pensamiento con una dificultad deslumbrada: «qué rostro tiene», vio él con mayor claridad todavía.

—Hola… —dijo la chica.

—Hola —respondió él avergonzado con el juego.

Y, solo por la presencia de Lucrécia, él se oscureció en la sombra, moroso, perdiendo el mínimo de individualidad. También la joven respiraba, modesta, tranquila. En los límites de S. Geraldo ellos se despojaban toscamente como podían. Eran tan simples que se volvieron inalcanzables. Y empezaron a pasear por la ciudad.

Viejas cucarachas salían de las alcantarillas. Desde el subsuelo los almacenes asfixiaban las calles con el olor de las cáscaras podridas. Pero las sierras de los talleres zumbaban como abejas de oro por todo el pueblo, a esa hora de extrema claridad casi vacío. Desde una balaustrada más alta, el chico, y la joven, con la sombrilla abierta, en la otra balaustrada; el pueblo subiendo y bajando en escaleras de penitenciaría.

La calle del Mercado aún olía al pescado vendido por la mañana, en los hilos de agua que corrían hacia el desagüe flotaban escamas y algún clavel reblandecido. Con la experiencia de la infancia los dos se desviaban fácilmente de los cestos, pasaban con atención junto al olor de la carbonería Coroa de Ferro, y paseaban por calles más estrechas. Los salchichones colgados en la puerta de la tienda olían a fondo de casa. Olían. Al final llegaron a la Cancela.

Comprobaron asomados que ningún tren se acercaba. El viento sobre las vías les sopló en el rostro. Cruzaron.

Más allá de la estación el barrio se volvía menos denso; ya se veían pocas casas. Y poco después paseaban bajo los hilos del telégrafo. El aire era puro y liso como el de una salina; la chica miraba al cielo con cuidado para que no se le moviera el sombrero, el cielo… «Qué aspecto», pensaba indescifrable. Contemplaba la serena tarde en las piedras, en los hierros oxidados del suelo; la basura seca volaba… Todo era real pero como visto a través de un espejo. Por un momento la joven buscaba un modo de ser y no sabía; excesivamente tranquila, intocable.

Pero cuando llegaron a la colina del pasto, Perseu señaló la ciudad con el dedo.

El equilibrio del dedo sobre el vacío, el viento, el viento… Su sombrero de luto voló, él corrió tras él mientras, de repente, el pueblo se manifestaba por fin porque un sombrero había volado con el viento; el muchacho atravesó el alambre espinoso corriendo con los brazos abiertos, la boca delicada mordiendo el aire. Lucrécia lo siguió con los ojos hasta que se perdió de vista… Se puso entonces a esperar sin comprensión, sin incomprensión.

Al rato ella desvariaba un poco, soñaba con pasear sola con un perro y ser vista sobre la colina, como la postal de una ciudad. Lucrécia Neves necesitaba innumerables cosas: una falda a cuadros y un pequeño sombrero del mismo tejido. Hace tanto tiempo que necesita sentir cómo la verían los demás con una falda y un sombrero a cuadros, la cintura bien sentada sobre la cadera y una flor en la cintura. Así vestida ella miraría el pueblo y este se transformaría. Con un perro. De esta manera se componía una visión. La joven no tenía imaginación sino una atenta realidad de las cosas que la hacía casi sonámbula; ella necesitaba cosas para que estas existiesen.

Perseu volvió con el sombrero y, limpiándolo con la manga, la miró riendo de inquietud, sin poder impedir la victoria de haberlo recuperado; riendo y mirando con desasosiego la tranquila naturaleza del mundo. Pensó entonces con sabiduría que podría decirle: «parece que va a llover, ¿eh, Lucrécia?», solo para estar otra vez de acuerdo y para hacer volver la cara a la joven que miraba insistente la torre que estaba debajo.

Lo intentó con un dedo pero lo retiró inmediatamente. Cerca yacía el montón de basura esperando ser quemado… Y la conversación se cerraba. Lucrécia Neves no sonreía, miraba.

Solo el aire seguía abierto, hilos negros ataban los postes de abajo arriba: «qué aspecto», veía Lucrécia mirando de abajo arriba. Los pájaros volaban imitándose sin cansarse. Hilos de radio cruzaban limpios y finos el aire respirable y frío del descampado… Ellos miraban de abajo arriba. Inmóviles. Si es posible que alguien comprenda sin sacar ninguna conclusión, así era la mirada profunda del chico. Y la forma de no entender de la joven tenía la misma claridad de las cosas comprensibles, la misma perfección de la que ambos formaban parte; hilos negros se balanceaban en lo incoloro; ellos miraban de abajo arriba, inmóviles, incomprensibles, constantes. ¡Qué aspecto!, pensó al final Lucrécia Neves.

Entonces Perseu levantó la cabeza hacia el aire y contempló las vías del tren abajo.

Todo se sensibilizó bajo la mirada estúpida y delicada del muchacho, todo dudaba en el viento y existía en sí mismo, sin olor, sin gusto, con la forma insustituible del mismo sendero, de la misma madera apilada, y del verde, verde campo. «¡Mira!, el abrevadero seco de los caballos». Tan lentos y difíciles estaban los dos que veían con tozudez la cosa de que estaban hechas las cosas y que envolvía la cara de la joven con la misma estridencia del escarabajo sobre aquella asta. «¡Mira el escarabajo!». Miraron el escarabajo. Lucrécia y Perseu espiaban con la nariz fruncida. Perseu pasaba de él a la joven y de ella a él mismo sin sentir, los párpados cerrándose por el sol y por un pensamiento obstinado de amor que no sabía darle. «Y realmente no había motivos para darle amor». Cogió una piedra y la limpió de polvo mostrando una intimidad con las cosas sucias que Lucrécia Neves miró atenta sin comprender. «Realmente no había motivo». Solo razones en contra; y una era que «ella escogía mucho», acusó el chico, y tal vez solo su madre, muerta hacía un año, hubiese comprendido que esta podía ser la acusación de un hombre. La falta de cansancio de Lucrécia Neves también lo alarmaba. Ella era como esas personas extranjeras que dicen: «en mi país es así». La frente estrecha de Perseu buscaba algo sobre lo que pudiese sentir piedad amorosa, pero incluso los defectos físicos de su novia eran tranquilos, ella los aceptaba solo para poder decir: ¡en mi país es así! Ella parecía protegida por una raza de personas iguales. Incluso sus placeres estaban hechos de la idea de que pasar una noche en una barraca sería algo tan bueno, de que despertar de madrugada no era ningún esfuerzo, de que la vida del soldado no es dura. Ella siempre lo había humillado con su amor a los militares, mostrando una gran admiración por el valor físico y por las armas que a él le daba vergüenza. «¡Qué falta de tacto!», pensaba, y sentía que era por ahí por donde se la podría acusar.

Lo que no impedía que en este momento los dos estuviesen igualados por el mismo instante de juventud en la colina del pasto, caminando y conversando, las manos acompañando con gestos explicativos. No importaba lo que se decían tan animados; ellos mismos eran para ser vistos, como la ciudad. Y si alguien los viese de lejos vislumbraría a un saltimbanqui y a un rey. Caminar deprisa los alegraba; el rey sonreía y era bello, el saltimbanqui se esforzaba en hacer muecas graciosas; había un descontrol mecánico en los andares de ambos, eran una sola persona con una pierna corta y otra larga subiendo, bajando, subiendo. A veces el muchacho parecía andar hacia delante y la chica danzaba a su alrededor; era cuando él sonreía divino y puro, y Lucrécia Neves hablaba, y así los veían los otros.

Otras veces era ella quien se paraba, más alta contra el viento.

¿Habrían discutido? Él, vacilante, la miraba. Cuando ella le parecía así, vulnerable, el joven por piedad y desilusión se volvía rudo. Incluso tuvo ganas de decirle: ¡ah, no soy lo que tú crees, bonita, no harás de mí lo que quieras! Aunque supiese, mientras miraba las piedras, que ella nada haría de él ni él de ella porque así eran ellos y más adelante estaba el arroyo.

—¿Qué crees tú que hice ayer? —dijo Perseu Maria presuntuoso.

En vano intentaba, viéndola a veces fea y contemplando sus lunares oscuros sobre la piel, proteger con el amor de un hombre la debilidad de su figura: la boca fina que no sonreía, en cada mejilla aquellos redondeles de colorete que escandalizaban a los vecinos… «Le gustaba mucho exhibirse».

Incluso los sueños de la joven; él nunca había soñado con estatuas, pensó molesto. Parecía pensar que soñar con estatuas era un exceso. Moviendo la piedra entre los dedos, Perseu miró a Lucrécia con rapidez, no sabía cómo admirarla. Frunció la frente estrecha. Al pensar su rostro se volvía aún más prominente e indeciso; él, que se volvía tan alegre cuando iba a la playa en tren, al ejercicio y la risa, y bajo el sol el cuerpo imberbe… Él, a quien las chicas en bañador miraban entregadas, sintiéndolo fuerte e inocente; él era uno de los nuevos hombres de S. Geraldo.

—Papá se queja de la casa —dijo tirando atentamente la piedra hacia lo lejos—. Está llena de moscas… Esta noche he sentido mosquitos, mariposas, cucarachas voladoras, ya ni sabía qué se estaba posando en mí.

—Era yo —dijo Lucrécia Neves con gran ironía.

Perseu miró al suelo, avergonzado, dolido y tranquilo. Intentando agudamente interrumpir tanta falta de pudor con su propio interés por las hierbas del suelo… Porque la muchacha había lanzado al aire el rostro claro donde los lunares se oscurecían cada vez más, cosas que se oscurecen bajo la luz de invierno. Era horrible su audacia. A veces ella no tenía vergüenza. Él, soportando con sufrimiento sus bromas, mirándola rápidamente y apartando los ojos. Pero torciendo los labios con un sarcasmo aún mayor, ella dijo:

—¡Sujétate bien el sombrero, que se te volverá a volar!

A ella le parecía ridículo que un hombre usase sombrero… Él ya lo sabía. Ah, ella no me comprende, pensó el muchacho; se caló con las dos manos el sombrero en la cabeza, mirándola radiante: el leve frío había dejado a la chica con piel de gallina…, ¡pero ella estaba alegre! ¡Qué imposibilidad de abrazarla!, reflexionó él preocupado, porque ella siempre haría cualquier movimiento que los dejaría a ambos demasiado grandes, él con vergüenza de ser un hombre y con ganas de reír…

—¿Qué pasa? ¿No me has visto nunca?

Pero él se rio feliz…

Y de repente el tiempo corrió con la brisa sobre el campo, ellos caminaron y ya estaban junto a la Cancela.

Comprobaron que no se acercaba ningún tren, el viento de las vías férreas les golpeó el rostro; cruzaron deprisa.

El tiempo corría y a Lucrécia le pareció que la casa de enfrente era indudablemente alta, el suelo liso, la piedra oscura; le pareció que la alcantarilla brillaba y la joven ya no sabía ver más. Por un momento rompió la prudencia y miró sin pudor la piedra, la casa, este mundo. Sin protegerse. Veía solo la calle estrecha, el suelo de piedra, ventanas... Quiso al menos empujar hacia ese mismo instante el vestido y el sombrero y componer S. Geraldo, pero lo dejó para Felipe, y ambos caminaban animados, silenciosos y fatigados. Perseu se había quitado el sombrero por el sol y lo sujetaba contra su pecho. A cierta distancia parecían músicos callejeros que venían de muy lejos y lo que los otros podían ver hacía que Lucrécia Neves caminase llena de orgullo, exhibiéndose; los labios del chico se resquebrajaban secos y sonrientes. ¡Qué felices eran! La brisa soplaba sobre el pueblo.

Lucrécia Neves tal vez quisiese expresarlo, imitando con el pensamiento el viento que hace golpear las puertas, pero le faltaba el nombre de las cosas. Faltaba el nombre de las cosas, pero estaban aquí, allí... Estaba la cosa, la iglesia, las palomas volando sobre la Biblioteca, los salchichones en la puerta de la tienda, el cristal ardiente de una ventana haciendo señales a la colina con insistencia...

Los dos de pie, espiando. Y la dureza de las cosas era la manera más precisa de ver de la joven. De la imposibilidad de sobrepasar esa resistencia nacía, como un fruto verde, el sabor amargo de las cosas firmes sobre las cuales soplaba con heroísmo ese viento cívico que hace tremolar las banderas. ¡La ciudad era una fortaleza inexpugnable! Y ella intentando imitar al menos lo que veía: ¡las cosas estaban como allí! ¡Y allí! Pero era necesario repetirlas. La joven intentaba repetir con los ojos lo que veía, quizá sería la única forma de apoderarse de ellas. Su voz no podía y se desvanecía, el pelo estirado bajo el duro sombrero. Y al entrar en la calle del Mercado, el viento levantándole las faldas, ella sujetándose el sombrero con las dos manos, toda la basura tirada en las alcantarillas secas despertó por el viento. A pesar de su firmeza, ¡cómo podía cambiar un pueblo por un simple viento! Un pajarito oscuro voló piando de susto; la muchacha intentó aprovechar la rápida entrega de las calles y entrar en intimidad con lo que los caballos relinchando presentían en el pueblo. Pero el único medio de contacto era mirar y ella vio a los soldados en la esquina. Ah, los soldados.

—Mira a los soldados, Perseu —dijo Lucrécia.

Su manera de ver era tosca, ronca, ajustada: ¡los soldados!

Pero no era solo ella quien veía. De hecho un hombre pasó y la miró. Ella tuvo la impresión de que él la había visto estrecha y alargada, con un sombrero demasiado pequeño, como en un espejo. Parpadeó perturbada, aunque no supiese qué forma escogería tener; pero lo que el hombre ve es una realidad. Y sin darse cuenta la joven tomó la forma que el hombre había percibido en ella. Así se construían las cosas. Se volvió modesta hacia Perseu —como una persona alargada— tendiendo la mano, sacándole un hilillo de la chaqueta. Indagaba el rostro de Perseu, mirándole insistentemente, como el hombre que pasó comprendería que ella mirase.

Perseu y Lucrécia se miraron.

Perseu desvió la mirada hacia la tienda, no inmediatamente; procuraba arrastrar la mirada para no desviarla ostensiblemente de ella. Él era delicado. Se puso incluso a silbar un poco. Pero el momento se volvía cada vez más insoportable, ¿qué había pasado? Ella dijo con humildad y sueño:

—Qué día de viento, ¿eh?

El joven paró inmediatamente de silbar y miró el día. Sin motivo fingió una tos sofocante y cuando por fin la dominó dijo con cierta importancia:

—Sí, ¿eh?

El perro corría por la calzada con las patas flacas, trotaba, movía el rabo como una luz. Perseu lo espantó sin gracia; el rostro sin barba sonreía de vergüenza y encanto de ser tan cobarde. Grande, delicado. Podría llevar el pelo largo, lleno de rizos; él sabía versificar y era católico:

—Tan mayor y con miedo a los perros —dijo ella grosera, examinándolo con curiosidad, y el organillo de la esquina empezó a tocar la *Serenata* de Toselli calentando la calle. El músico hacía girar la manivela y el mecanismo deglutía la música con dificultad y cuidado; la música iba tomando varias formas rápidas de objeto... ¿Todo lo que cayese en aquella ciudad se materializaría en cosas? Entonces la joven se paró y recogió el bolso del suelo. Perseu intentó demostrar como venganza que ya sabía que ella llevaba un bolso lleno de cosas inútiles, flores mustias de un baile, papeles; intentó con sabiduría mostrar que por lo menos lo veía porque ni siquiera se podía entender.

Pero cuando Lucrécia levantó la cabeza del suelo, la luz nacía de sus cabellos..., algo cambiaba y mostraba su lado bueno; sus ojos, por un momento decepcionados, dejaban escapar la misma luz vacía de sus cabellos y dejaban de mirar para permitir ser vistos. Perseu intentó rápidamente por lo menos ver.

También de los labios manchados de la joven nacía un soplo de claridad… lo que ella poseía estaba escapando de entre sus dedos; tan bonita… parecía que no se bañaba, las uñas y el cuello de color dudoso, en pie contra el viento; tan bonita, pensó él desesperado, tan bonita… parecía ciega.

—¡Me gustas de verdad! —dijo el muchacho con obstinación, la frente baja para la embestida.

Ella se volvió con dureza y extrema alegría:

—¡Sabes que no me gustan esas cosas! —dijo coqueta, ofendiéndose.

Perseu la miró avergonzado, riéndose, y ella empezó a reír también. Y tanto rieron que se atragantaron de verdad o de mentira y empezaron a toser. Lucrécia Neves se paró secándose los ojos, colorada, descompuesta; él ya lo sabía… Oh, amarla era un esfuerzo permanente. Se paró serio, bañado por el sol más pálido, espiando la distancia con insatisfacción. Los ojos del muchacho estaban abiertos. Las pupilas oscuras y doradas. Había una soledad para siempre en la manera en que él estaba de pie. Entonces ella habló:

—Vámonos —dijo con dulzura porque ya empezaba a engañarlo.

Delante de la escalera de la casa donde vivía la chica él dijo que esperaría a que ella subiese.

—No —respondió ella íntima e intrigante—. Esperaré yo a que te vayas tú, entiéndelo… —Ella hablaba con mucha delicadeza sacudiendo la cabeza y el sombrero pero mirándolo a los ojos con preocupación: no quería tener que subir las escaleras para volver a bajarlas. Pero él se rio extraordinariamente halagado:

—Entonces ¡adiós!

—Adiós —dijo ella aguantándose la risa.

El muchacho se sonrojó.

—Adiós —dijo él sin mirarla. Se apartó lentamente intentando ser elegante ante Lucrécia pero se veía que había perdido la manera natural de andar. La joven lo vio saludar aliviado al entrar en la primera bocacalle. Ella misma respondió moviendo los dedos sobre el sombrero. Entonces dejó de sonreír, se quedó seca, inexpresiva por un instante. Esperó un poco.

Se inclinó hasta ver el reloj de la columna. Esperaba pensativa, era difícil prepararse una vez más. Al final, mirando a un lado y a otro, salió.

El movimiento de las calles se había calmado y la luz de la tarde era afilada y descolorida. En la esquina la carreta parecía fantástica…, los cables y las ruedas en un hálito de luz. El rostro de la joven avanzaba leve, con atención. Ya vislumbraba incluso la plaza de piedra llena de caballos atados. Junto a la columna del reloj se puso a esperar. Con el pensamiento ciego y tranquilo por esa especie de luz.

Las personas a lo lejos ya eran negras. Y entre las losas los rastros de tierra eran oscuros. Lucrécia Neves esperaba aérea, sosegada. Arreglándose los lazos del vestido sin mirar. La plaza. Qué aspecto. Qué umbral. Ella no lo traspasaba. El aire más fresco le dejaba las manos blancas y la joven parecía regocijarse con ello, las miraba de vez en cuando, exacta. Sobre las tiendas la misma expresión insignificante e inconfundible de Perseu oscilaba. La muchacha lo reconoció: era S. Geraldo al atardecer. Ella esperaba.

También el pueblo, en aquella hora, había llegado a su último estadio. Sería imposible ahora sustituir una puerta, una farola. O la estatua ecuestre. O uno de los hombres impersonales que pasaban sin tocar el suelo. La respiración jadeante de los caballos hacía la vida preciosa a su alrededor… Estar de pie tal vez desequilibrase a la joven, que cambiaba de vez en cuando la posición de los pies; también ella tenía una sensibilidad superficial que un poco después se hacía inabordable; momentos después se tocaba el pelo y temblaba, estremecida de sí misma; los caballos inmóviles golpeaban un instante los cascos en la piedra sin color. El rostro de la joven no decía nada. La boca dura, delicada. Era el final del día.

Al final Felipe apareció uniformado, la cara colorada. Cuanto más se acercaba bajo la luz, más imposible se hacía mirarle. Hasta que, ya muy cerca y al dejar ella de verlo, se convirtió en un guerrero. Ella le dio la mano con la timidez que la distancia entre los encuentros creaba. Pero el teniente destruyó rápidamente la sumisa familiaridad de la muchacha tomándola del brazo, invisible porque ella no miraba, casi mudo porque ella oía poco:

—Preciosidad de azul, vamos a ver ya el agua, que tengo que dormir pronto, mañana tengo entrenamiento. Y además el diablo del caballo está dando problemas.

Así hablaba un hombre. Y Lucrécia sonrió con desagrado y delicada lividez, ya poseída por la luz del pueblo. Se dejó guiar monótonamente otra vez a través de la Cancela hacia el arroyo que él llamaba agua, detrás de las vías del tren, donde se sentarían en una piedra. Felipe hablaba y preguntaba invisible, la chica adivinaba que él torcía el cuello de vez en cuando, con un gesto que le daba una gran belleza y una libertad sobrehumana, una nueva costumbre suya desde que había sido admitido por fin en la caballería. Y también ella intentaba copiarlo con atención, imitando a un caballo. Desde que cambió de batallón todo lo que lo perturbaba era apartado fácilmente, el teniente Felipe ahora parecía estar siempre montado. Así era como él alejaba a la joven de la gente, cabalgando ambos en el mismo corcel a través de la multitud cada vez más invisible. Aquel ser familiar y distante, el forastero hábil en el tiro, ¡acaso no era un guerrero! La joven aprovechaba con sueño blando la compañía de un teniente. Si el militar lo hubiese querido Lucrécia Neves se hubiera prendado de él, si no por amor, al menos por una admiración sin límites en la que era capaz de caer, acentuándose lo que en ella había de dulzura y de escucha, puesto que esta era su naturaleza. Pero el teniente no quería, él era libre. Y así como la joven nunca lo había mirado verdaderamente, temiendo turbar una superficie, tampoco él la había mirado porque no la conocía; más tarde, tanto uno como otro, olvidarían los inútiles rasgos del compañero.

—¡Malditos! —dijo Felipe con la boca torcida chutando la piedra en la que había tropezado.

Y ella de repente feliz, asustada. La nariz de Felipe había palidecido de cólera. Todo lo que la joven amaba en el teniente era la ira espumeante en la que él podía caer. ¡Malditos!, dijo otra vez. Y volviéndose con galantería: «Vamos a ver el agua, preciosa». Pero ella todavía se regocijaba mirando en dirección a la colina del pasto donde solo por la noche las bestias alzarían las crines en un relincho: ¡malditos! Se adentraron en la vasta luz memorizada y allí estaba el agua.

Cosas muertas se enroscaban en los escollos. Se quedaron de pie, espiando. Felipe fumaba. Pero cada cosa al alcance de la mano era distante para la muchacha, ella solo tenía los ojos. Ella misma fuera de su alcance.

Y así estaba la ciudad a aquella hora.

La tierra junto al agua era rica, fecunda, exhalante. Lucrécia Neves la respiraba con impotencia y delicadeza. De tanto mirar el arroyo su cara se había prendido en una de las piedras que flotaba y se deformaba en la corriente; el único punto doloroso apenas dolía de tanto como flotaba y soñaba en el agua. En poco tiempo ella no sabría si miraba la imagen o si la imagen la miraba, porque así habían sido siempre las cosas y no se sabría si una ciudad había sido hecha para las personas o si las personas habían sido hechas para la ciudad. Ella miraba.

Por un movimiento de Felipe ella recordó en un sobresalto su presencia a su izquierda... Rápidamente levantó el hombro izquierdo hasta rozarse con él la oreja, protegiéndose del teniente con dulzura herida. Pensó, casi despertando y levantando las orejas con atención, pensó que el extranjero diría: «¡qué inmundicia!», casi le oyó blasfemar y volvió a apoyar el hombro en la oreja, inclinada, encorvada. Estaba llena de libre rencor, el arroyo era metálico, y un pájaro sobrevoló las aguas sucias. El hombre acariciaba como un ala su oreja, desplazaba el sombrero, el viento soplaba sobre la ciudad de acero. Pero Felipe se ataba los cordones del zapato silbando en la claridad, y no decía nada. Lo que él no decía se perdió finalmente en el crepúsculo inmenso y azulado. La joven entonces se puso a escuchar el silbido melodioso del militar.

Hasta que un tono más decayó en la tarde. Ahora todo estaba de perfil, los aleros del tejado recortándose en el vacío... Ella desencogió el hombro, interrumpiendo inmediatamente el gesto que el silbido había hecho tan íntimo. Ahora estaba erguida, pero no se oyó ningún rumor: una luz débil se encendió en el aire.

Y poco a poco, como si se hubiesen dormido, se hizo muy tarde, y todo estaba transformado.

Las cosas crecían con profunda tranquilidad. S. Geraldo se mostraba. Ella de pie ante el mundo claro. Felipe hablaba con un rumor perdido… Incluso los ruidos del pueblo llegaban disueltos en una pálida salva de aplausos. La joven miraba de pie, constante, con su paciente existencia de halcón. Todo era incomparable. La ciudad era una manifestación. Y en el umbral claro de la noche el mundo era el orbe. En el umbral de la noche un instante de mudez era el silencio, aparecer era una aparición, la ciudad una fortaleza, las víctimas eran hostias. Y el mundo era el orbe.

En ese nuevo universo, a una distancia de abismo, estaba el tornillo en el suelo.

Lucrécia Neves miraba desde su altura el horror del objeto. Cosas terribles y delicadas yacían en el suelo. El tornillo perfecto. La joven respiraba el olor de plomo de la claridad. Y, al volverse, allí estaba S. Geraldo, anunciado, inexplicable, posado con la dureza de un pie. Cada objeto hiperfísico. Las señales. La joven movió suavemente las patas.

Decayó un tono más. Ahora, en el color oscurecido del aire, cada torre, cada chimenea se enderezó de repente… Sería el momento de desembarcar y de tocar por fin todas las cosas. ¿La ciudad permitiría que se tocase su piedra estremecida? Antes de cerrarse sobre la osada presa, elevando sus muros con una piedra más…

—¿Qué hora es…? —indagó ella con amabilidad.

Felipe se rascó el cuello, levantando el mentón iluminado.

—La misma de ayer a esta misma hora…

Lucrécia Neves se rio, los labios secos se abrieron con ardor en varios cortes sin sangre. La joven se humedeció los labios con su larga lengua de ave, mirando a los lados, instintiva, desconfiada. De pie, junto a las aguas oscurecidas, el teniente y la chica eran cada vez más débiles bajo la claridad extrema de la villa. El pueblo se erguía hasta donde podía. La luz no parecía decaer sino alzarse, con un irrespirable esfuerzo, hacia la luz. Con ese esfuerzo S. Geraldo se había vuelto extraordinariamente exterior, las piedras leves. Las cosas se mantenían en su propia superficie con la vehemencia de un huevo. Inmunizadas. De lejos las casas eran huecas y altas.

La torre cilíndrica de la fábrica.

Si este fuese un mundo de héroes, qué perfil más terrible tendría.

—No, de verdad, Felipe, ¿qué hora es? —ronroneaba la joven inquieta y atrayente.

Pero cuando S. Geraldo se manifestaba, se manifestaba igual a sí mismo, sin revelarse.

—¿No te lo he dicho? —insistió el teniente, examinándola en la penumbra verdosa con un interés mayor.

Ella se rio mucho, sacudiendo la cabeza vacía con gracia y espanto, golpeándole levemente en el uniforme… El crepúsculo se amplió entonces, un florete se clavó trémulo en el aire, el color del vestido de la muchacha palideció de repente con un desfallecimiento, los lazos se estremecieron, las pulseras se hundieron como insignias moradas… S. Geraldo apenas se sustentaba.

—Vamos —dijo Felipe, y la voz del hombre sonaba como apartar ramas, como pasos.

Volvieron a andar en dirección al centro. Las superficies se adelgazaban cada vez más aunque dentro de cada cosa todavía fuese oscuro y brillante.

Un momento más, sin embargo, y el tallo de una flor se reblandeció de repente, las raíces se dulcificaron en la tierra podrida, las estructuras de las casas se derrumbaron; la ciudad entera temblaba después de desmoronarse.

Había pasado el peligro. Era de noche.

Solo quedaba la reverberación instantánea de la piedra, un brillo en el hombre que pasaba. Una luz que se encendía en el aire ya nocturno que olía a pan… Y ahora una exterioridad agradable de vieja raíz. Pero todo otra vez intocable. El mundo era indirecto.

Lucrécia estaba cansada e inocente, el teniente Felipe miraba las nubes con precisión, sin verlas. Y por fin entraron en la calle que los llevaría al centro. El pueblo se había oscurecido e iluminado como un navío. Ahora mismo era invisible…, solo se veían algunas farolas y las pequeñas zonas claras. El resto eran bastiones en tinieblas. Lucrécia andaba con soñadora seguridad en compañía de un militar. Este sonreía poco, el caballero, observándola de reojo. Para decir al final, tan simpático y feliz que parecía venir de un prado donde hubiese corrido libre:

—¿Por qué eres tan egoísta y no me das un beso?

Olvidándose de no mirarlo, la joven lo vio de cerca, ahora otra vez invisible de tan cercano. Ella respiró el aire de la casi noche. El olor a harina caliente en las calles y su madre esperándola para cenar en un primer piso. Qué oscuridad había.

Casi alegre, finalmente rasgando las finas venas de la noche, la muchacha se irguió sobre sus patas, respiró profundamente lanzando su grito de guerra y, cuando él estaba cerca, tangibles sus botones, apuñalable, engoló la voz, perdiendo poco a poco el uso del habla:

—¡Nunca! —dijo riendo antipática. Gloriosa en su inútil alarido de conquista de S. Geraldo—. ¡Nunca! Te voy a morder. Eso haré, Felipe… ¡Felipe! —llamó en la oscuridad—. Te voy a pisar, ¡verás qué beso! —dijo ya seria, concentrada en los pies que zapateaban.

Felipe abrió la boca sorprendido. Y así se quedaron mirándose: asombrados, curiosos, estremeciéndose cada vez más. Al final él rio falsamente, procurando liberar el cuello:

—¡No tienes ninguna educación! —Un crío corriendo desbocado cruzó por el medio de los dos—. Y la culpa es mía por ir con gente así, ¡esos deben de ser los modales de este pueblucho tuyo! —dijo él ya con placer, insultándola en su ciudad.

Ambos retrocedieron abriendo un pequeño claro, erizados, moviéndose cautelosos. En la penumbra el teniente casi se reía de cólera. La joven no se reiría nunca, pálida. Al mismo tiempo podría dar de repente una voltereta en el aire.

Fue lo que el muchacho pareció presentir y retrocedió aún más. Al final, después de un pequeño esfuerzo, le dio la espalda.

Lucrécia se estremeció, enorme, elevándose de puntillas: este forastero no se iría nunca con la victoria. Esa inspiración era nueva y dolorosa, como agua entrándole por la nariz, y ella extendía su gran cuerpo de animal para mantenerse a flote.

—¡Mira!

Aún no sabía qué iba a decir pero era urgente, se trataba de luchar por el reino. Vio que el joven se volvía esperanzado, desde aquella distancia el uniforme brillaba bello, perdido, su objeto más bonito. Y Lucrécia Neves lo miró decepcionada.

La calle parpadeaba de oscuridad y luz. Figuras vacilantes de muchachas empezaban a moverse a lo largo de las paredes, buscando. Las mujeres de la ciudad. El olor de las piedras invisibles de las casas y la náusea de las farolas de gas se mezclaban con el viento nuevo; la joven se volvió a ver años atrás corriendo a buscar el pan de la cena, volando entre las últimas personas de la noche, aterrorizada por la silueta oscura de la colina, ella misma temible en la carrera…

—¡Mira! —dijo—. ¿Por qué no besas a tu abuela? ¡Ella no es de S. Geraldo! —le lanzó al final trágica, en alto, para que todos lo oyesen.

Era horrible, y ella temblaba en la oscuridad. Mientras el teniente, avergonzado, torcía el cuello y se arreglaba el uniforme insultado en público, alguien se había parado en la sombra de la calzada sonriendo con gran interés. Había sido el encuentro en el aire de dos caballos, de ambos se derramaba la sangre. Y no habrían parado hasta que uno fuese el rey. Ella lo deseó porque era un forastero, ella lo odiaba porque era un forastero. La lucha por el reino. Lucrécia Neves empujó con el codo a la mujer que espiaba haciéndole soltar un grito de pavor. Se enderezó violentamente el sombrero, sacudió en el aire la pulsera. Y con la cabeza erguida, conteniendo un vértigo que podría hacerla volar por encima de las chimeneas, fue saliendo evanescente, llena de lazos trémulos.

Estaba excitada, de vez en cuando se daba un coletazo en una de las piernas con la cola ausente. Pero al cruzar la calle, sin poder esperar, empezó a contarse lo que había sucedido, con todos los detalles; tenía los ojos duros y sus labios soltaban saliva mientras narraba: Entonces yo le dije a Felipe: ¡solo un criminal se atrevería! ¡Oh, Perseu!, murmuró ella de repente volviendo el pensamiento a aquel que nunca la ofendería.

Pero Perseu se vestía como un campesino. Y la joven ya necesitaba, en sus calles de hierro, a las fuerzas armadas.

Llegó a la calle del Mercado ya de noche cerrada. Continuaba examinándose inquieta como si pudiese estar rasgada. Y perder al teniente… ¡que seguramente sería capitán!… ¡Oh, oh, Felipe!, llamó.

Engaño a todos, no quiero nada, pensó con despecho, agarrándose a las luces que el farolero encendía. Pero en general le gustaban tanto los hombres. Oh, Felipe, dijo con pena.

Lo que la asombraba, pasando por el azogue cerrado, es que nadie hablaba de casarse con ella. Solo Mateus, que la respetaba con un deseo paternal y ceremonioso, que visitaba a la madre para conseguir a la hija. Lo que ya empezaba a atraerla, eso tenía un aire familiar y repugnante, olía por fin a lo que se llamaba verdadera vida. Mateus, que la acechaba fumando un puro. Con él ella tendría un futuro lujoso y violento… La joven deseaba ardientemente casarse.

Ah, una noticia, una noticia, pidió de repente con aflicción, oh, encontrar por fin en casa un mensajero remoto, las ropas polvorientas, maleta en el pasillo, que sacase una carta de la mochila de cuero. Y mientras su madre servía una copa de licor al extranjero ella abriría la carta temblando, ¡la carta que la llevaría lejos!

Porque S. Geraldo la asfixiaba con su lodo y sus claveles flotando en los desagües.

Ana había encendido las débiles luces y esperaba en la tumbona para cenar. Era la única espectadora. La casa inmersa en el silencio de la electricidad.

Y allí estaba su cuarto.

Como un piano que se ha dejado abierto. Qué susto ver las cosas. La composición de las vigas en el techo era extraña y nueva, como una silla colgada... Se quitó los zapatos mirando hacia arriba, guardó el sombrero alisándolo, contando con el día imprevisible de mañana. De repente se enderezó.

Cogió un pañuelo, se tapó la nariz. El pañuelo salió manchado de sangre. Inclinó la cabeza hacia atrás como le habían enseñado. Aprovechó para mirar las vigas del techo. El líquido se deslizaba tibio y la habitación olía a sangre. Así se quedó, sin impaciencia, jadeando un poco. La boca enmudecida por la tela, los ojos agrandados. Al final apartó el pañuelo. Entre la nariz y la boca la sangre se había secado dando al rostro un aspecto inmundo e infantil. Una vez más había vuelto herida.

Fea, derrumbada bajo los cabellos erizados, sorbiendo de vez en cuando; se le había pasado el hechizo y volvía a los grandes sapos. Pero también permanecía entera, luchaba sin gastarse, era horrible, la patriota.

Se quitó el vestido y, sudando, con la combinación pegada al cuerpo, respiró con los ojos cerrados. El pelo escondía la mitad de la cara afectada. Lucrécia Neves se limpiaba la frente con el dorso de la mano como si hubiese recibido una paliza. Sollozaba humillada acariciándose la oreja con el hombro.

4

La estatua pública

Eran tres los escalones que llevaban al comedor y la diferencia de nivel daba profundidad a la habitación. La mala electricidad del pueblo, distribuida entonces solo a algunas casas, construía por la noche un espacio lleno de estructuras y de núcleos donde el tictac del péndulo caía preciso, círculos concéntricos que se apagaban en las sombras de los muebles. Cubreteteras amarillentos, el pájaro disecado, la caja de madera con la vista de los Alpes en la tapa, eran la presencia minuciosa de Ana.

La casa parecía adornada con los despojos de una ciudad más grande.

—¿Estás cansada? —preguntó Ana desde la cabecera de la mesa, frunciendo los ojos como si su hija estuviese lejos y la luz entre ambas fuese fuerte.

A Lucrécia no le gustaba esta habitación tan impregnada de la feliz viudez de Ana. Para entenderlo sería necesaria una presencia continua, parecía pensar la joven intentando mirar cada objeto. Estos no revelaban nada y se reservaban solo para la manera de mirar de su madre, que los cambiaba de lugar y les pasaba el plumero, dando enseguida un paso atrás, como si los estuviese esculpiendo, para examinarlos de lejos con delicadeza de miope, con una mirada de reojo. Los mismos objetos ahora solo podían ser vistos al bies, una mirada de frente los haría bizcos. Después de examinarlos Ana suspiraba y miraba a Lucrécia como señal de que ya no tenía nada más que hacer; Lucrécia desviaba la mirada hacia el techo, grosera.

Cada vez más Ana intentaba acercarse, ansiosa por comunicarle los insignificantes secretos que la asfixiaban. De hecho ya se quejaba de no poder dormir por la noche. Lucrécia desviaba la mirada.

Desde hacía mucho tiempo solitaria, y amando aquella viudez sin los sobresaltos que un hombre puede traer, la mujer empezaba, sin embargo, a inquietarse y a intentar arrastrar a su hija hacia una intimidad donde ambas construirían compensaciones ocultas, suspiros y regocijos, aquel placer de la costurera con su costura, ella, Ana, que se alegraba cuando había ropa para arreglar.

Inútilmente buscaba el apoyo de su hija pidiéndole con mirada paciente el sacrificio. En qué consistiría el sacrificio, ninguna de las dos necesitaba saberlo, pero Ana lo pedía, Lucrécia se negaba y nacían peticiones y negativas secundarias, sin importancia en sí mismas pero enormes en el comedor, cargadas de la misma obstinación: ¿por qué Lucrécia no pasaba las veladas con ella en el comedor?

Si al final la joven cedía, el comedor y Ana la rodeaban radiantes, las tazas relumbraban, la vista de los Alpes en extraordinaria evidencia, pero nada podía ser mirado de frente, aunque Ana intentase enseñarla a ver por el lado de la belleza, señalando aquí y allá:

—La vitrina queda mucho más bonita con mi pajarito en el primer estante, se ve mucho más, ¿verdad, nena? —decía.

Pero era solo una manera de ver, y nada más.

Y cuando Lucrécia estaba en la sala de estar, lo que se llamaba «descansar después de cenar, mamá», la puerta podía abrirse y Ana aparecer con una sonrisa pícara, acarreando su equipaje de ovillos, agujas y bastidores, lista para hacerle una visita. Pero la muchacha no le enseñaba nada. Ana se sentaba ceremoniosa y soñadora sin desenrollar su bordado, mirando con algo de curiosidad los bibelots, la mesita; esa sala de visitas que casi nunca recibía visitas se había convertido en la segunda habitación de su hija. Abandonada a sí misma, poco a poco Ana Rocha Neves hablaba de su juventud, con detalles que la sofocarían si no los transmitiese con exactitud; se paraba a veces un rato hasta decidir a qué hora había sucedido un hecho. Y, creyendo hablar sobre sí misma, describía solo el lugar donde había vivido cuando salió de la hacienda hasta encontrar marido:

—Aquello sí que era una ciudad, nena, y no este agujero: los caballos tenían cascabeles, una iglesia era una iglesia, una casa era una casa, una calle era una calle; no este agujero con casas que no hay quien entienda.

A pesar de los detalles, ¡qué ciudad perdida había sido aquella y qué juventud confusa! Su madre había sido alegre y miedosa en su ciudad, solo eso después de todo. Y cuando acabó la revolución, el silencio la había asustado y se fue a dormir a la cama de su hermana.

Era eso lo que alarmaba a Lucrécia Neves de esa historia. También ella parecía conocer ese miedo que no era miedo, solo un escalofrío en la columna ante algo. Una vez había ido al Museo Municipal y tuvo miedo de estar con un paraguas mojado en un museo. Así había sucedido. Tenía miedo de ver en una misma mirada un tren y un pájaro. Y de un hombre con un anillo de brillantes en el dedo medio: Mateus. Quedaría inmovilizada si ese dedo la apuntase.

También a un movimiento suyo en la cama se formaba a veces en las rosas de la pared un ser lisiado y contento; entonces ella se estremecía como un perro que ladra a un armario.

Inquieta por el silencio, Ana se movió en la cabecera de la mesa, acercándole el plato de pan. Pero la joven la miró.

Y entonces empezó de nuevo el juego. Lucrécia Neves cogió una rebanada y la colocó con decisión en la mesa, sin tocarla.

Esta estupidez había sido un día la escena inicial de una larga conversación sobre la falta de apetito que acabó en acusaciones de amor y de tristeza y pasó a ser la señal secreta de partida. Ana recibió inmediatamente el breve mensaje. Lo respondió con los ojos desmesurados fijos en el plato, lo que ya era un fingimiento. Había empezado algo. Las dos mujeres se volvieron estúpidas y sagaces, corriendo con mucho cuidado como ratones por la sala en penumbra y asumiendo el carácter desconocido de dos personajes que ellas nunca sabrían describir pero que podían imitar solo imitándose.

Entonces empezó a caer una lluvia suave y cantarina, el viento abrió la ventana. Ana, impaciente con la interrupción, se levantó para cerrarla, y toda la sala se hizo más interior; las dos se estremecieron de gusto, intercambiaron una mirada de amistad.

—Hoy me he cansado mucho, hasta parecía que me iba a morir —empezó Lucrécia con un suspiro de decisión.

—¿Sí? —dijo su madre esforzándose para que Lucrécia entendiese su interés a través del tono ceremonioso que adoptaba cuando iniciaban una «escena»—. ¡Qué cosa! —añadió tontamente, fingiendo una comprensión especial.

Pero, esta vez, cierta tristeza se apoderó de aquella mujer que, un poco soñadora, acariciaba el tenedor. Casi sonreía. Otras veces, cuando su hija la provocaba, Ana se sobresaltaba e intentaba todavía trotar entre las cosas. Pero hoy jadeaba ligeramente.

—¿Sí? —repitió, inclinando un rostro al que algún pensamiento de tranquila desesperación dio una expresión de amor tan luminosa que si alguien la viese habría visto el amor.

La seguridad de una gran experiencia, a pesar de su vida recluida, se apoderó de esta mujer más que madura. Miró con un poco de piedad a aquella muchacha frente a ella, llena de estúpida juventud, a quien nunca se podría enseñar la… la… ¿bondad? ¿Qué bondad? Ella tendría que aprender sola.

—¡Qué cosa! —dijo Ana Rocha Neves decepcionada.

La joven entonces contestó que si se muriese, «después de todo, ¿qué importaba? Tú ni siquiera llorarías».

Si fuesen despertadas tal vez se sorprendieran de que, usando medios tan precarios, pudiesen caer tan plenamente en el juego. Pero ya no necesitaban mucha preparación para entrar en los dos personajes, y los inicios eran ahora cada vez más rápidos, casi impacientes.

«Tú no llorarías», dijo Lucrécia, y eso ofendió a Ana. Quedaba claro, entre los golpes de lluvia, que si la mujer no llorase no sería Lucrécia quien perdiera algo, porque en ese momento sería la humilde y la muerta.

La joven continuó: Ni siquiera llorarías, como Perseu tampoco lloraría… Ana asintió rápidamente vengándose del muchacho que le robaba tantas horas de la hija.

Pero, al estar de acuerdo en que Perseu no lloraría, había aceptado uno de los presupuestos de la frase y la propia comparación se hizo incontestable. La mujer se calló mientras Lucrécia ganaba fuerza y una cierta amargura por haberla convencido tan fácilmente. La experiencia debía haberle enseñado que era inútil esperar que la madre protestase. El personaje que le había tocado a Ana parecía tener un carácter aún más débil que el real.

—Porque te quedarías sola, ni siquiera tendrías que pagar mi ropa, mamá, y si te faltase compañía podrías incluso buscar amigas…

Ana ahora casi sonreía ante las esperanzas que Lucrécia le daba; y con los ojos perturbados, ya sumergidos en el futuro, casi asentía.

—… y podrías casarte con el padre de Perseu… —continuó esta vez horrorizada al pensar en aquel hombre sanguíneo despreciando a su madre. Nunca se había atrevido a tanto y ambas se miraron sorprendidas. Al final la mujer se movió en la silla, ruborizada:

—¡Oh, nena…! —dijo con coquetería.

Lucrécia tuvo miedo y añadió cautelosa:

—O no, cariño, solo vivir con más comodidad…

Ana asintió rápidamente con la cabeza, durante un instante miró y desafió a su hija, sonriendo desconfiada.

Pero ante la mirada contenta de Ana, la muchacha no aguantó más, algo se rompió por fin desafinado, tragó su comida, se levantó corriendo y se arrodilló junto a su madre, que la miraba aterrorizada y roja de placer...

—... Madre, ¡qué triste es nuestra vida! —gritó ahogada por las piernas de la mujer. (¿Y los bailes, y los bailes?, le decía el demonio). Ana balbució algo, llena de pudor, ofendida—: ¡No me lo parece! —murmuró casi altiva.

Pero mientras tenía el rostro sofocado y toda la sala de estar que ella no veía giraba mareada, la joven parecía descubrir que no era de tristeza por lo que gritaba. Es que no podía soportar aquella muda existencia que estaba siempre sobre ella: la sala, la ciudad, el alto grado a que llegaban las cosas sobre la estantería, el pájaro seco a punto de volar disecado por la casa, la altura de la torre de la fábrica; tanto intolerable equilibrio que solo un caballo sabía expresar encolerizado sobre las patas. Tanta alegría que nunca se quebraba y que solo a veces la banda de música del cuartel rompía haciendo que todas las ventanas de la ciudad se abriesen por fin.

Cuando la joven se levantó tenía el rostro sereno.

Las cosas estaban posadas a su alrededor, muy tranquilas. Las tazas de café humeaban, su madre sentada, mesa y mantel, todo de nuevo inexpugnable.

Se sentó para tomar café. Tal vez pensase qué burlesca sería la vida de ambas si se hablasen, y cómo S. Geraldo se destruiría si, en vez de espiarlo manteniéndolo fuera del alcance de la voz, alguien por fin hablase. Si Ana y ella conversasen habría roto antes su propia resistencia con la sinceridad. Pero entre personas sin inteligencia no había necesidad de explicarse.

—Ay, Lucrécia, hija mía, no he dormido bien —dijo Ana desamparada por la independencia de Lucrécia, a quien la rápida entrega ya no parecía alterar.

—Mamá, necesitas salir un poco más de casa.

—Dios me libre, hija, ¡y Dios mío!

Antes de que Ana continuase, reteniéndola para una larga conversación, la joven se levantó, atravesó el pasillo y entró en la sala, donde las luces de las otras casas hacían inútil encender la lámpara. Cogió entonces el par de zapatos y empezó a darles betún lentamente en la penumbra.

Al principio un poco irreconocible, poco después la sala de estar recuperaba su antigua posición teniendo como centro la flor. El espíritu era el viento, el noroeste soplaba con insistencia, frenado por los edificios de la calle.

La habitación estaba repleta de jarrones, bibelots, sillas y tapetitos de ganchillo, y en las paredes de papel floreado se amontonaban láminas recortadas de revistas y de antiguos calendarios. El aire sofocante y puro de los lugares siempre cerrados, el olor de las cosas. Pero dentro de poco comenzaría la subasta y los objetos serían expuestos. Nada impediría que la puerta se abriese; el viento anunciaba puertas bruscamente abiertas de par en par.

Frotando más lentamente los zapatos, la soñadora examinaba con placer su fortaleza, no espiándola sino mirándola directamente; se preparaba para estar ante las cosas con lealtad. Insistiendo en posarse como sobre la colina del pasto, así miraba ella. En esta muchacha, que de sí misma sabía poco más que su propio nombre, el esfuerzo de ver era el de exteriorizarse. El albañil construyendo la casa y sonriendo de orgullo. Todo lo que Lucrécia Neves podía conocer de sí misma estaba fuera de ella: ella veía.

El valor, sin embargo, era decidirse a comenzar. Mientras no empezase la ciudad seguiría intacta. Y bastaría empezar a mirar para romperla en mil pedazos que no sabría juntar después.

Era una paciencia de construir y demoler y construir otra vez y de saber que podría morir un día exactamente cuando, al construir, hubiera demolido.

En medio de su ignorancia sentía solo que necesitaba empezar por las primeras cosas de S. Geraldo —por la sala— rehaciendo así toda la ciudad. Al mirar había plantado ya la primera estaca de su reino: una silla. Alrededor, no obstante, continuaba el vacío. Ni ella misma podía acercarse a ese campo creado que una silla había hecho inabordable. Nunca había podido sobrepasar la serenidad de una silla y dirigirse a las segundas cosas.

Aunque, mientras mirase, ¿llegaría un tiempo que un día se llamaría de perfeccionamiento? Aquellos largos años que pasaban a través de momentos dispersos; a través de raros instantes Lucrécia Neves poseía un solo destino. Como era lenta, las cosas, a base de ser fijadas, adquirían su propia forma con nitidez; era lo que a veces conseguía: alcanzar el propio objeto.

Y fascinarse. Porque ahí estaba la mesa, en la oscuridad. Elevada sobre sí misma por su falta de función. Las otras cosas de la sala, devoradas por su propia existencia, mientras que lo que por lo menos no era macizo, como la mesita hueca de tres patas —no poseía, no daba—, era transitorio, sorprendente, posado, extremo.

Señales de telegrama. Eso era la forma alzada de la mesita. Cuando una cosa no pensaba, la forma que tenía era su pensamiento. El pez era el único pensamiento del pez. Qué decir entonces de la chimenea. O de aquella lámina de calendario que el viento estremecía… Ah, sí, Lucrécia Neves lo veía todo.

Aunque nada diese de sí más que la propia claridad incomprensible. El secreto de las cosas estaba en que, al manifestarse, se manifestaban iguales a sí mismas.

Así era. Y frotando el zapato, la muchacha miró ese mundo oscuro repleto de bibelots, de la flor, de la única flor en el jarrón. Este era el pueblo. Ella frotaba furiosamente.

La flor mostraba el grueso tallo, la corola redonda; la flor se mostraba. Pero sobre el tallo también era intocable. Cuando se empezase a marchitar ya se la podría mirar directamente pero entonces sería tarde, y después de morir se volvería fácil, se la podría tirar tocándola completamente, y la sala disminuiría, se podría andar entre las cosas empequeñecidas con firmeza y desilusión, como si lo que había sido mortal hubiese muerto y el resto fuese eterno, sin peligro.

Ah, ah, vibraba el aire conocido de la sala de estar. Ah, espiaba la joven con cuatro zapatos. El deseo de ir a un baile a veces nacía, crecía y dejaba espumas en la playa. Con los zapatos en la mano Lucrécia Neves torció la cabeza e intentó disimuladamente espiar la flor viva. Se aproximó realmente, la olió desconfiada. Se mareó de tanto inspirar, la propia flor se mareaba de ser aspirada, ¡se entregaba! Pero llegó un momento —¡el golpe súbito del casco!— en el que el perfume se hizo impenetrable. Allí estaba la flor exhausta pero con el mismo grado de perfume de antes… De qué estaba hecha la flor sino de la propia flor.

Así era. Y a su lado, el niño de porcelana tocando la flauta. Una cosa sobria, muerta, como felizmente nunca se podría imaginar.

Pero las cosas no se veían nunca; eran las personas las que veían.

Y cerca la sólida puerta de la sala. Y más allá la mujer de porcelana llevaba a la espalda el reloj parado.

Todo eso era la miniatura de la iglesia, de la plaza y de la torre del reloj, y en este mapa la joven calculaba como un general. Qué diría entonces si pudiese pasar de ver los objetos a decirlos... Era lo que ella, con paciencia de muda, parecía desear. Su imperfección venía por querer decir, su dificultad de ver era como la de pintar.

Lo difícil es que la apariencia era la realidad.

Ahora la lluvia caía en fuertes ráfagas.

Mientras tanto algo había pasado. Y aunque nada se había transformado, la noche ya había perdido su fecha y olía a cal húmeda.

La joven abrió distraída la revista y en la penumbra apenas se reconocían las figuras. Pero allí estaban las estatuas griegas... ¿Una de ellas tal vez estaba señalando?... Pero ya no tenía brazo. E incluso la habían sacado del lugar que ella señalaba con el pedestal de mármol que había quedado; cada uno debía quedarse en su ciudad porque, transportado, señalaría al vacío, así era la libertad de los viajes. Allí estaba el pedestal de mármol. En la penumbra. ¡Qué aspecto! La joven dejó la revista, se levantó —¿qué podía hacer hasta que se casara sino andar de un lado a otro?— y abrió las puertas del balcón con curiosidad.

Al entreabrirlas la gran noche entró con el viento que las abrió de par en par, pero después de la primera ráfaga se oyó solo el latido de la oscuridad, las luces de la calle casi apagándose bajo la lluvia.

En la esquina una carreta con un candil encendido se arrastraba fustigada. Cuando las ruedas se perdieron en la distancia no se oyó nada más.

Allá estaba la ciudad.

Sus posibilidades aterrorizaban. ¡Pero nunca las reveló!

Solo de vez en cuando se partía un vaso.

Si por lo menos la joven estuviese fuera de sus muros. Qué minucioso trabajo de paciencia el de sitiarla. Gastar su vida intentando asediarla geométricamente con cálculos e ingenio para un día, aunque ya decrépita, encontrar la grieta.

Si por lo menos estuviese fuera de sus muros.

Pero no había cómo sitiarla. Lucrécia Neves estaba dentro de la ciudad.

La joven se inclinó hacia fuera, escuchaba, miraba, ah, lluvia con viento, decía su sangre tranquila; ella se inclinaba, escuchaba. ¡Ah!, respiraba Lucrécia, yendo al encuentro de las grandes oscuridades más allá de la Cancela; debía de estar lloviendo en los raíles desiertos.

Se adivinaban incluso las luces bañadas de la estación. En la colina del pasto, en la tormenta, ¿qué harían los caballos mojados?

Los relámpagos abriendo claros e iluminando durante un segundo el pelo empapado, las pupilas peligrosas de humillación. ¡Los equinos! Después los truenos retumbaban pacientes y cerraban la colina en la oscuridad. El rostro de Lucrécia Neves se esforzaba curioso más allá de su propia figura, escuchando. Pero solo se oían las calles llenas de lluvia…

Apoyándose entonces en las persianas venecianas murmuró: Ah, yo quisiera tener la fuerza de una ventana, susurró para sí misma, y a través de esas palabras ocultaba tal vez otras más antiguas, en busca de un rito perdido. Inexplicablemente con más esperanza, intentaba ahora excitar su ira hasta llegar a su propia fuerza, trotando atenta, probando a tocar los objetos, hasta que acertase con aquel que sería la llave de las cosas, tocando la puerta con mano delicada y con una serenidad que tampoco rompería el propio límite, tal era el extraordinario equilibrio en el que todo se mantenía.

Una noticia, pensó con otras palabras, excediéndose en su nueva cólera y escuchando con esperanza; pero la noche, la noche rodeando la torre del reloj, era la respuesta.

Se movió adormilada, bostezando furiosamente, sin ilusión, olfateando de cerca el olor de las sillas que el viento levantaba y disipaba; ya estaba desgreñada como si hubiese trabajado en toscas tareas. Ven a mí, ensayó ruborizándose... Un nuevo trueno descargó con tristeza, la joven ronroneó de placer. Ven a mí, dijo con otras palabras. Ni ella misma respondió. La lluvia cantaba en los canalones.

Bostezando se arrodilló ante el sofá, hundió el rostro en el almohadón; siempre descansaba después de la cena.

Y el moho que procedía de la vejez bien cuidada del mueble.

Sin embargo yo he tenido paciencia, pensaba pasando los dedos por las nervaduras del cuero; había tenido paciencia a través de tantos paseos y de sombreros con alas.

La noticia, se obligaba ella, vacía. Los caballos inmóviles en la lluvia. Ah, decía con cólera y humildad, las manos soñolientas trenzando un mechón de cabellos.

No sabía por dónde volver a empezar a tener esperanzas, la sala la cubrió como una ola, pero ella mantenía los ojos abiertos dentro del almohadón, una cabeza cortada en el Museo; soñaba curiosa en la oscuridad, los caballos se movían en la colina, intercambiados los lugares del juego.

Entonces oyó pasos en la calzada.

Con un esfuerzo de atención más, pasó a oírlos en la escalera.

Se acercaban. La muchacha esperaba con la inteligencia corta, los sentidos alerta. El hombro izquierdo acariciaba, socarrón, la cabeza en el cojín... Al final los pasos se pararon junto al salón. Con dificultad para oír, Lucrécia Neves inventó que oía rechinar la puerta.

Se interrumpió, la pluma de avestruz en la mano y el papel medio escrito sobre la escribanía. Un esfuerzo más de invención y su mano se posaba sobre amplias faldas. Inclinó el rostro pálido que ahora los bandós enmarcaban; su cara estaba ennoblecida por la paciencia. Con la pluma levantada en la mano, finalmente miró. La puerta se abría y el viento penetraba haciendo vacilar la sala de estar. Un hombre apareció, el agua se escurría de su capa. Cuando ya pensaba que nunca iba a hablar, el visitante dijo a través de la barba empapada:

—Ha llegado, Lucrécia. Ya ha llegado el barco.

Por primera vez pronunciaban su nombre destacando su destino.

Era un nombre para ser llamado de lejos, después desde más cerca, hasta entregarle jadeante la carta. Sacó su pañuelo de uno de los puños, tapándose la boca con el encaje para esconder el temblor:

—¿Bien cargado?

El hombre miró con cierta vacilación.

—Siempre lo mismo. Carbón. Siempre carbón.

Lucrécia Neves se mantenía derecha.

—Entonces puede irse —le dijo con los ojos llenos de lágrimas frías—. Puede irse, no importa.

¡No era esa la carga, no era esa la noticia! El hombre grande cubría la entrada de la puerta. Casi podría caer hacia delante y la joven se preguntó si no estaría herido. Pero el hombre ahora miraba con fuerza los bibelots y sin sonreír despreciaba la blancura fresca de la porcelana.

—Es carbón —repitió levantando los hombros con ironía—. Es carbón…

—Váyase —ordenó con firmeza.

La puerta al final se cerró. Lucrécia Neves posó la pluma sobre la escribanía y se quedó pensativa.

Parpadeando dentro del cojín.

Oh, había sido libre de inventar la noticia que esperaba y, sin embargo, de nuevo había buscado con su libertad las cosas fatales, ese era el equilibrio. La noche pesaba de lluvia. La muchacha levantó finalmente la cabeza del sofá y miró soñolienta. Bajo el agua el salón flotaba ante sus ojos salidos de la oscuridad. Los bibelots lucían con claridad propia como animales de las profundidades. La sala era íntima, fantástica, el interior sofocado de sueño… Por toda la habitación las cosas inocentes se habían distribuido en guardia.

También el rostro de la joven estaba embrutecido y dulce. El cuerpo apenas sustentaba la pesada cabeza.

Se levantó soñolienta hasta la ventana y, de hecho, en el instante en que tocaba el alféizar, oyó el ruido de alas. Del balcón invisible se alzó la paloma despavorida en medio de la lluvia y en vuelo desapareció.

Como si el ala le hubiese golpeado en la cara, con el corazón latiendo despierto: «Hasta parecía que la paloma había salido de sus manos, ¡imagínate!». El error de visión subió como un cohete, la ventana se abrió y golpeó de nuevo, el viento recorrió el salón dándole escalofríos; en el fondo de la casa despierta otras ventanas se abrían respondiendo. Secamente, la persiana veneciana continuaba golpeando y el frío y la altura recorrieron toda la casa; el frágil primer piso se estremecía en los cristales mojados y en los espejos, y alrededor de la flor grandes avispas adormecidas huyeron asustadas, el horror íntimo de la flor se liberaba en mil vidas, ¿el pueblo invadiendo a trote regular el salón?… El relámpago. La habitación se revelaba con claridad, la porcelana centelleaba, las cosas largamente provocadas resplandecían ante los ojos: ¡Así tampoco!, decía estremeciéndose bajo el mecanismo desencadenado por ella misma. Después del relámpago el salón se oscureció.

La lluvia corría velozmente arrastrando ramas y pedazos de troncos podridos.

La muchacha miraba los rincones ampliados del salón, buscaba asirse a la primera salvación sólida; miró el confuso agujero de la cerradura que bajo su mirada se fue perfeccionando en una cerradura menor, menor, hasta que alcanzó un tamaño delicado.

A pesar de sentirse más lúcida, ¿habría perdido un tiempo incontable —ella que se había acercado tanto que por un momento tuvo miedo de ser santificada— por la realidad? Y ahora quería seguir pero el vacío la rodeaba y en el vacío la cerradura la retenía. Quería levantarse por encima de la cerradura pero qué esfuerzo de grito de ave era levantarse de nuevo, solo quien vuela sabe cuánto pesa un cuerpo. La sala se iluminó con un destello silencioso, se cerró pausado y palpitante en la oscuridad; la última vela ya apagada. Truenos sosegados retumbaron más allá de la Cancela. En el silencio las gotas corrían por la vidriera.

La muchacha bostezó rápidamente, sin tiempo. Estaba de pie, encorvada, humilde. Todo parecía esperar que también ella golpease firme y brevemente con la pata.

Y entre bostezos incesantes ella también desearía expresar así su modesta función, que era mirar. Qué sala inexpresiva, pensó de lejos royéndose la uña del pulgar. Las aguas corrían hacia las alcantarillas, líquidas, abundantes... Los bichos dispersos esperaban.

Un solo instante en el que ella se expresase y se habría colocado en el mismo plano de la ciudad. Un solo instante en el que ella se mostrase y tendría la forma que le era necesaria como instrumento.

Entonces, austera, intentó con honestidad decir. Royéndose rabiosamente la uña inclinó la cabeza, como expresión.

Pero no, nada se había dicho... Miró la madera, la mesa, la estatuilla, las verdaderas cosas, intentando trabajar en la imitación de una realidad tan palpable, pero parecía faltarle, por así decirlo, una fatalidad mayor. La joven la buscaba inclinando el torso hacia delante y escrutándose con esperanza. Pero se había equivocado otra vez.

En ese momento lo borró todo y volvió a empezar. Esta vez se puso de puntillas, escuchó. Se sorprendió al descubrir, a través de la libertad de escoger los movimientos, la dureza de los huesos, de las pequeñas leyes irrevocables y delicadas, había gestos que se podían ejecutar y otros prohibidos.

Caía en un arte antiguo del cuerpo y este se buscaba a sí mismo tanteando la ignorancia.

Hasta que le pareció encontrar la simple sutileza del cuerpo, transformado finalmente en la cosa que actúa.

Entonces extendió una de las manos. Vacilante. Después más insistente. La extendió y repentinamente la retorció mostrando la palma. Con ese movimiento el hombro se levantó, lastimado…

Pero era así. Extendió el pie izquierdo hacia fuera, deslizándolo por el suelo, las puntas de los dedos oblicuas al tobillo. Estaba tan retorcida que no volvería a la posición normal sin arremolinarse alrededor de sí misma.

Con la palma cruelmente a la vista, la mano extendida pedía y al mismo tiempo señalaba. Erguida por una vehemencia tan rápida que se equilibraba en lo inmóvil, como la flor en el jarrón.

Este era el misterio de una flor intocable: la vehemencia jubilosa. Qué arte tan rudo. Ella se había reducido a un único pie y a una única mano. La inmovilidad final después de un salto. Parecía contrahecha.

Expresando con el gesto de la mano, sobre el único pie, retorcidos con gracia como ofrenda, el único rostro sacudiéndose como una pantomima, ahí estaba toda ella, terriblemente física, uno de los objetos. Respondiendo por fin a la espera de los bichos.

Así permaneció hasta que, si tuviese que llamar urgentemente, ya no podría; había perdido por fin el don del habla. La mano se contraponía a la cara como el otro lado de su rostro.

«Tienes demasiadas manos», se dijo y, perfeccionándose, escondió más la otra detrás de la espalda.

Incluso una sola mano, e inmóvil, hacía que a veces toda la figura tuviese un estremecimiento de vendaval. Pero creyéndose, sin embargo, perfecta, suspiró y mantuvo la posición.

Tan humilde y airada que no sabría pensar; y así daba el pensamiento a través de su única forma precisa —¿no era eso lo que les pasaba a las cosas?—, inventando por impotencia una señal misteriosa e inocente que expresase su posición en la ciudad, escogiendo su propia imagen y a través de esta los objetos.

En un primer gesto de piedra, lo oculto se exteriorizaba con gran evidencia. Conservando, para su perfección, el mismo carácter incomprensible: el botón de rosa se había abierto trémulo y mecánico en una flor inexplicable. Y así se quedó, como si la hubiesen depositado. Distraída, sin ninguna individualidad.

Su arte era popular y anónimo. A veces aprovechaba la mano que estaba detrás para rascarse rápidamente la espalda. Pero luego se inmovilizaba.

En la posición en la que estaba, Lucrécia Neves podría incluso ser transportada a la plaza. Solo le faltaban el sol y la lluvia para que, cubierta de limo, pasase por fin desapercibida para los habitantes y fuera por fin vista cada día con inconsciencia. Porque es así como una estatua pertenece a una ciudad.

La lluvia había disminuido, los canalones empezaban a deglutir ávidamente las aguas. Tranquila, con el rostro un poco torcido, la muchacha espiaba.

Tan fútil y débil, tan insignificante, aprovechando la mano que tenía a la espalda para apartar una avispa. Pero sin que nadie la hubiese obligado a escoger el sacrificio, ¿perdía en este momento la juventud por el símbolo de la juventud y la vida por la forma de la vida?, su única mano señalaba.

Y entonces, de perfil, bostezando, parecía el ángel que sopla en la puerta de las iglesias. Entre niña y niño, el ojo, ya parpadeando de sueño, espiando de perfil.

Aunque vista de tres cuartos adquiriese de repente volumen y sombras, delicadeza y opulencia: un serafín cojo.

En realidad quieta sin culpa como en la sala de espera de un dentista.

Hasta que, bajo el sonido más suave de las aguas corriendo por los canalones, la mano extendida perdió la elocuencia y la cabeza emergió del desastre en una gran e inestable forma que disminuyó hasta la solidez.

Entonces Lucrécia Neves bostezó libremente tantas veces seguidas que parecía una loca, hasta interrumpirse saciada.

Y desconfiada.

Porque ahora se volvía a ver, con bastante extrañeza en el gesto —¿qué gesto?—, que había tenido la urgencia de un tic y como un tic alarmaba por su lado mecánico, indomable; temió incluso verse obligada a ejecutarlo frente a los demás… Se imaginó soltando una taza de café, levantándose adormecida y solo después acomodándose con alivio frente a los otros.

«Todo esto ha sido una broma, ¿sabes?», se dijo con pudor. «Esto», ¿qué, en realidad? Imaginó a su madre espiando y cerró los ojos de vergüenza. Supuso que Mateus veía su pasión por los bibelots y a través de él no se entendía. «Yo los colecciono, ¡qué pasa! ¿Nunca has visto coleccionar?», le respondió brutal. Pero Mateus no apagó el puro y ganó.

Y a través de él no se conocía. Oh, sabía tan poco de sí misma como el hombre que al pasar la miró y la vio alargada. Y si espiaba para sí misma, se veía solo como Ana la vería.

Porque en realidad ella era una persona que pasaba por la calle, se paraba ante un escaparate, escogía una tela rosa para admirar y decía: ¡es un color que me encanta! Y la gente diría: es el color favorito de Lucrécia Neves, y ella entonces explicaría: ¡pero también me gustan otros! La gente diría: conozco a Lucrécia Neves, vive en el 34 de la calle del Mercado. Ella vivía en la calle del Mercado y todo había sido un juego, aseguró a Felipe, que la conocía tan bien.

Tal vez nunca supiese que había escondido totalmente la mano y el pie si, hace semanas, no se hubiese inclinado desde la ventana de la cocina hacia el patio de la tienda y no hubiera visto al cajero de La Corbata de Oro.

Sin ser vista lo sorprendió de pie al sol. Súbitamente el hombre dijo señalando al cubo de la basura: «Quieto, muchacho». El cajero, de pie, noble, miraba al cubo con intensidad. «Quieto, muchacho», dijo. Después parecía tranquilo, cubierto de tristeza como si de nuevo una fórmula hubiese fallado.

Sin saberse observado parecía íntimo y objetivo. Y tan solitario que se hacía impertinente examinarlo. Pero mientras salía del patio ya tenía un aire satisfecho, incluso parecía cubrirse de modestia, y esbozó un gesto que parecía impedir el aplauso del pueblo. Antes de entrar en la tienda resopló un poco, remetiéndose los pantalones en el cinturón. Y se reía con malicia, sacudiendo un poco los hombros. ¿Quién se reía en él de todos? Él era delgado, los hombros se inclinaban en la camisa usada, y algo se reía en él, mientras él mismo, imposible de ser interrumpido sin ser fulminado, miraba por última vez al cubo, resoplando con rencor y satisfacción.

Con miedo a despertarlo Lucrécia había retrocedido avergonzada. El mismo día lo encontró al pie de la escalera y él le dijo apresurado y cordial: Buenas tardes, Lucrécia.

Consciente de su gesto en la sala gracias al recuerdo del cajero, la joven se sorprendía volviendo a entrelazar el mechón de su pelo. Casi no sabía lo que la había llevado hasta un movimiento tan concreto.

¡Qué sucio camino se recorría en la oscuridad hasta que los pensamientos estallaban en gestos! Todo el pueblo trabajaba en los subterráneos del alcantarillado para que aquí y allí un hombre tosiera en una esquina.

También en ella la verdad estaba muy protegida. Lo que no le causaba mucha curiosidad. Así como nunca había necesitado inteligencia, tampoco nunca había necesitado verdad; y cualquier retrato suyo era más claro que ella.

Aunque, un poco perpleja, comprendiera que sabía tanto de sí misma como el cajero ante el cubo de basura. Y también como él se enorgulleciese de no conocerse… «No conocerse» era insustituible por «conocerse».

La joven acabó, pues, por quedarse muy satisfecha con la trenza entre los dedos. Si poseía alguna conciencia de su gesto, mientras que el cantero nunca podría saber que había hablado con un cubo de basura, era porque Lucrécia Neves vivía exhibiéndose tanto que algunas veces llegaba incluso a verse.

Solo que se veía como un bicho vería una casa: sin que ningún pensamiento sobrepasase la casa.

Era esta la intimidad sin contacto de los caballos, y solo ellos veían completamente las casas de la ciudad. Y si las luces se apagaban progresivamente en las ventanas y en la oscuridad ninguna mirada podía ya expresar la realidad, la única señal posible y suficiente sería el golpear de un casco, transmitido de plano en plano hasta alcanzar el campo.

El agua gorgoteaba en la casa y dentro de la sala cada objeto recortado recuperaba su existencia pacífica.

Lo que era de madera estaba húmedo, y los metales helados. Las ruinas todavía humeaban. Pero poco después el salón, en su humareda final, reposaba como nadie lo podría ver nunca. Apagadas las últimas luces.

Pero en la oscuridad la joven aún velaba llena de sueño, soñando con casarse; el bibelot tocaba la flauta en la sombra. Un día ella vería el bibelot, dentro de poco tiempo o dentro de muchos años, la perfección no tiene prisa, el tiempo de una vida sería justo el tiempo de su muerte. Y al menos ella ya tenía su propio instrumento para mirar: el gesto.

El bibelot tocaba en la sombra y la muchacha se iba apartando con la trenza levantada. Todavía veía la flauta erguida. Pero bajo sus ojos fijos las cosas empezaron a retorcerse fundiéndose lentamente, la flauta fue duplicándose hasta que sus formas salieron de sí. Fulminada por la vigilia, Lucrécia cabeceó.

La sala de estar, preparándose para la larga noche, estaba con los ojos abiertos, tranquilos. De lejos las cosas son indeterminadas. Así era la sala de estar.

5

En el jardín

Poco después, mientras se cambiaba de ropa, el rostro de Lucrécia estaba desviado por los primeros asombros del sueño. Hechizada como si ya estuviese dormida, se interrumpió con el
vestido en la mano: llamada, débil; un instante más y empezaría
a soñar. En el cuarto de baño ya no sabía qué había ido a buscar.
De nuevo se arrastró hasta la habitación y se paró en la puerta.

Por el balcón soplaba el viento de lluvia. Las cosas estaban
exorcizadas, divididas, extremadamente pálidas… La cortina
volaba, casi arrancada, y el cuarto dudaba como si alguien acabase de desaparecer por la ventana. Había un momento en la
inmovilidad de los objetos que hechizaba como una visión…
En su somnolencia, Lucrécia Neves se erizó ante las cosas físi-
cas. La luz estaba apagada. La habitación, sin embargo, se iluminaba por la exhalación mortecina de cada objeto y la propia
cara de la joven se volvió conmovedora. Por un momento observar las cosas inmóviles la agitó en un suspiro de sueño, la
propia inmovilidad la transportó en un desvarío; bostezó cui-
dadosa, errante entre los objetos del espacio, los juguetes de
infancia desperdigados sobre los muebles. Un camello. La jira-

fa. El elefante con la trompa levantada. ¡Ah, toro, toro! Atravesando el aire entre los vegetales carnosos de sueño.

Incómoda, Lucrécia Neves sujetaba el vaso de agua que había traído del baño. Parecía oír a través del silencio algo distante, despierto, insistente, incontestable y urgente.

Poco después estaba en la cama. Se durmió despabilada como una vela.

Y la noche en S. Geraldo transcurrió limpia, hechizada.

Hormigas, ratones, avispas, rosados murciélagos, manadas de yeguas salieron sonámbulas de las alcantarillas.

Lo que la joven veía en su sueño le entreabría los sentidos como se abre la casa al amanecer. El silencio era funeral, tranquilo, una alarma lenta imposible de ser apresada. Este era el sueño: estar alarmada y lenta. Y también mirar las cosas grandes que salían de lo alto de los edificios como cuando se veía diferente en el espejo de los otros: torcidas en una expresión pasiva, monstruosa.

Pero la alegría monótona de la joven proseguía bajo el rumor de las corrientes. El sueño se desarrollaba como si la tierra no fuese redonda sino plana e infinita y así hubiese tiempo. El primer piso la sustentaba en alto. Ella se exhalaba.

El espejo del cuarto.

Pero la joven volvió la cabeza hacia un lado. El corazón continuó latiendo en el recinto. Entonces el espejo la despertó.

Entreabrió los párpados, miró ciega. Poco a poco las cosas del cuarto recuperaron su propia posición, recuperando la manera de ser vistas por ella. Ahora, despierta, su conciencia era más demente que el sueño, y ella se rascaba el cuerpo con las manos embrutecidas.

Pero poco después continuaba soñando a través de las ramas, apartándolas, sorda a los consejos. Espiando aturdida lo que veía; incluso acordarse del propio momento era inalcanzable; lenta, insensible, multiplicada, ella proseguía. Buscaba. El sueño era su atención máxima.

A cada parada del sueño contemplaba una calle desconocida con nuevas piedras. Incluso en el sueño sentía la falta de un modo de ver. Atenta, fustigada, ella buscaba.

He aquí que sobre la pista los caballos disminuían en la distancia.

El grito de una locomotora en la estación cortó la habitación como un gemido, sacudiendo en el sueño todo el primer piso. ¡Tocada! En medio de la catástrofe, pálida dentro del carruaje, se durmió más.

Un silbido ya lejano hizo pararse a la joven en la parte más seca del sueño, palpándola con los ojos cerrados: un número tenía algo que no se podía usar en las cuentas, el fondo duro: 5721387. Este era el número que había encontrado al agacharse para recoger la piedrecita. Examinándola tenaz e inexpresiva, dando al sueño momentos más difíciles: una y otra vez hacía girar la piedrecita.

Hasta que un perro ladró en la esquina. ¡Un perro que ladra es el destino! Llamada, lanzó lejos la piedra inmediatamente y siguió su búsqueda sin mirar hacia atrás. Se exhalaba monótona, simétrica.

En la mesilla de noche resplandecía el vaso de agua.

El tiempo avanzaba y la noche se pudría en grillos y sapos. En la habitación el aire estaba saturado de la dulzura y del amor de la hora tardía.

La joven buscaba. Envejeciendo, preparándose para el momento en que por fin encontrase.

La delicadeza de los objetos posados empezaba a fatigarla, ya le pesaban en las manos débiles de sueño. ¡Cómo dolía ese equilibrio! ¡Y pensar que quizás fuese solo un instrumento! Gimió, se arañó el rostro. Y, arrastrándose en el sueño como pudo, estaba ahora ante la escalera de la Biblioteca, contando los peldaños.

Qué viento.

Era un trabajo paciente el de bajar las escaleras y subirlas, el de mirar con desnudez desde arriba, escudriñar el polvo, tantear con los pasos el rellano o examinarlo durante horas. Al final, decidiéndose, empezó a fregar de rodillas la piedra del rellano. Frotó la barandilla de la Biblioteca con la manga, escupió para dar brillo.

Frotaba, forjaba, pulía, torneaba, esculpía, maestro carpintero demente, preparando pálida cada noche el material de la ciudad, y tal vez al final conociese —solo conocía de noche— la prueba indirecta. Fregando la piedra con perseverancia, inclinándose desde lo alto con el trapo del polvo en la mano.

Prestó atención a un rasguño que el trapo no borraría nunca, incluso bordó un poco, hizo rápidamente algunas compras, recogió la bolsa que había caído al suelo… Soñaba con libertad, como una guerra. Buscando.

Con los paquetes bajo el brazo finalmente se fue a esperar un poco en la plaza de piedra, cada noche aquella muchacha iba a esperar un poco en la plaza de piedra, se quedó de pie junto a la estatua ecuestre para esperar un poco en la plaza de piedra. Allí estaba la colina en tinieblas. El territorio de los equinos. La muchacha miraba. Estaba esperando en la plaza de piedra.

De repente su instinto le hizo volverse hacia el otro lado de la cama con ferocidad; soñó una cosa instantánea, dura, la colina se recortó con la nitidez torcida de un dibujo mal hecho. ¡Ah, ah!, suspiraba el barrio pleno y erizado.

Ya sin tiempo la muchacha buscaba porque incluso de noche S. Geraldo… Ella se apresuraba, tropezaba en las rejas de las alcantarillas, se hundía en la cobardía, en los callejones tranquilos, en su falta de coraje para rasgar los papeles antiguos, y era terriblemente experta en eso, escondiéndose en las sombras de las tiendas, rascándose radiante con los guantes; respiraba agitadísima, las torres se arqueaban bajo el recuerdo de guerras y conquistas.

Los caballos de Napoleón se estremecían impacientes. Napoleón sobre el caballo de Napoleón estaba parado de perfil. Miraba hacia delante en la oscuridad. Detrás toda la tropa en silencio.

Pero no amanecía. Esperaron toda la noche.

Bajo el sueño los motores del barrio no paraban, no paraban, la saliva se deslizaba, brotaba de su boca abierta.

Se durmió por fin más profundamente. Despierta como el claro de luna. Estaba tan dormida que se había hecho enorme. Arrastrando el cuerpo, buscando.

Cuando vio los guijarros del arroyo, empezó a oír.

S. Geraldo era extremadamente dulce y zumbaba… Podrido, tranquilo.

¿Acaso ella buscaba tanto que se había equivocado y caído en una época sin fecha, anterior incluso a los primeros caballos? Pero era bonito. Lucrécia Neves aplaudía soñolienta, el campo era bonito, lleno de armonía incomparable, able, able, repetían graves las antiguas colinas destruidas. El eco tenía siempre la misma altura insoportable, atravesada por nuevas alturas y por nuevas alturas… Ella se esforzaba en la única manera posible de oírlas: rememorándolas.

La pluma le tocaba con insistencia loca el oído… Los motores íntimos no cesaban. Durante un momento, los sonidos soplados se volvieron infantiles, tocados por la misma boca virgen. Y ahora desafinados; una boca abierta cantando sin éxtasis, en un destino leal; cantando antes de las cosas.

¿O era solo su respiración? A veces Lucrécia Neves sabía bien que era solo su respiración que llenaba la noche. Y a veces los sonidos soplados se convertían en un balido abundante de agua. Lo peligroso era que en ningún instante había habido un error. Porque era la primera vez. Y no se podría repetir sin equivocarse.

Entreabrió los labios, respirando a través de ellos.

Y entonces de su boca nació realmente la dulce confusión del campo. Si en un instante, sin embargo, la castidad se intensificase más, la pura voz desafinaría en amor, ya en pleno tiempo de los caballos que arrastraban carretas entre las cosas.

De hecho ya la respiración se estremecía fecunda y había una amenaza en el corazón ardiente de cada vibración; la joven dormía con un esfuerzo sobrehumano. Su respiración ya se dividía en los primeros objetos… ¡que eran de una belleza extrínseca!

¿Sería esta una nueva manera de ver las cosas? ¡De una belleza extrínseca! Ella aplaudía soñolienta. Mientras tanto los sonidos se afinaban cada vez más, porque los primeros objetos intentaban entregarse: lo que existía se explicaba al máximo, y el máximo era el estremecimiento de una flor en el jarrón… Las cosas se alzaban y se entregaban con horror; y el máximo era la serenidad de un objeto parado.

También Lucrécia Neves se esforzaba por exteriorizarse, sin saber si debía dirigirse a la izquierda o a la derecha. De repente despertó.

El cuarto estaba lleno de gracia.

Estaba despierta y difícil. Con el susto de despertar se desplegaba huracanada alrededor de sus propios pies; se sentía realmente mal. La música aturdidora…, ella continuaba escuchándola y no se lo creía. Sentada en la cama aterrorizada…

Estaba despierta y sin conciencia; dormía sin interrupción como si la tierra fuese infinita.

Dormía con paciencia monstruosa. Ella buscaba.

Y ahora era muy tarde.

Cuando inventó que llegaría la noticia, había retrocedido hasta estar vestida con largas faldas y llevar bandós sobre la frente.

Pero ahora, en el sueño, pudo retroceder hasta descubrir por fin que era griega.

«Como la de la revista», y se ruborizó agitada. Soñar que era griega era la única manera de no escandalizarse, y de explicar su secreto en forma de secreto; conocerse de otro modo sería el miedo.

Ella existía antes de que los griegos pensasen, porque pensar sería tan peligroso.

Griega en una ciudad todavía no construida, intentando nombrar cada cosa para que después, a través de los siglos, tuviesen el sentido de sus nombres.

Y su vida erguía, con otras vidas pacientes, lo que se perdería más tarde en la propia forma de las cosas. Señalaba con el dedo, la griega sin rostro. Y su destino como griega era entonces tan inconsciente como ahora en S. Geraldo. ¿Qué quedaba de aquello tan lejano? ¿Qué quedaba de Grecia? La insistencia, porque ella todavía señalaba.

Después, con un suspiro, se tumbó en el jardín para reposar, repitiendo el ritual. Y así se quedó.

Mientras soñaba pasó mucho tiempo sobre su rostro. Se desmenuzaban, gastados, los detalles más vivos y la evidencia de la expresión. Los labios de piedra se habían agrietado y la estatua yacía en las tinieblas del jardín.

Solo un desastre llenaría de sangre y de pudor aquella cara deteriorada que había alcanzado el cinismo de la eternidad y que ni el amor descifraría. Las órbitas vacías. Ella misma endurecida en un único pedazo; si la agarrasen por una pierna descoyuntarían todo el cuerpo, ahora fácilmente transportable.

Y así la habían dejado. Cabeza abajo y con los pies juntos arriba.

Hasta que, cada vez más roída por el tiempo, se levantase un día para continuar su trabajo incompleto en otra ciudad.

Cuando todas las ciudades se construyesen con sus nombres, se destruirían de nuevo porque así había sido siempre. Sobre los escombros reaparecerían los caballos anunciando el renacimiento de la antigua realidad, el lomo sin caballeros. Porque así había sido siempre.

Hasta que algunos hombres los atasen a las carretas, otra vez levantando una ciudad que ellos no entenderían, otra vez construyendo, con inocente habilidad, las cosas. Y entonces de nuevo se necesitaría que un dedo, señalando, les diese los antiguos nombres. Así sería porque el mundo era redondo.

Pero mientras tanto ella aún podía descansar.

En la fría oscuridad se entrelazaban geranios, alcachofas, girasoles, sandías, zinnias duras, piñas, rosas. De la barca enterrada en la arena, solo aparecía la proa. Y en la puerta mutilada, velaba la cabeza de un gallo. Solo con el amanecer se vería la columna partida. Y las moscas. En torno al capitel, la débil y brillante germinación de los mosquitos.

Pero de repente algo se corrompió; nacieron nuevos mosquitos; un gorrión voló, ¡oh, aún es pronto, es demasiado pronto! Sin embargo en la oscuridad ya se vislumbraban los ojos de la estatua.

Tendría que levantarse, ¡oh, es tan pronto todavía, tan bueno el reposo! Pero ya se adivinaba el mástil partido saliendo de la bruma y ya se presentía dónde terminaría el muro del jardín. Alrededor de la cabeza de la estatua ya zumbaba la primera abeja, salida de los duros labios. Y más allá emergía de los vapores el gallo. El tesoro. ¡Oh, es pronto todavía, es demasiado pronto! Sin embargo la piedra había sido herida por el cincel: amanecía.

Y de la boca oscurecida, con un breve suspiro, nació el primer halo de humedad.

Ahora, en el jardín, ni oscuridad ni claridad: frescura. La brisa sobre el rostro mutilado entre las latas.

Ni oscuridad ni claridad: aurora. Hay tres reinos en la naturaleza: animal, vegetal y mineral. Y entre las latas oxidadas el pavo real se abría... Ni oscuridad ni claridad: visibilidad.

¿Cuándo se podría algo más que esto? La cabeza del caballo se comía las alcachofas. Y en la arena más clara se revelaba el cocodrilo dormido... Ni tinieblas ni luz: visibilidad. La mañana en el museo. Y el tesoro. El tesoro.

Lucrécia Neves se estremeció al final.

En el sueño se levantaba penosamente, con el rostro arruinado por el barrio. Hasta que las manos podridas tocaron las rejas del parque de S. Geraldo. Allí se quedó esperando, la cara pasiva pegada a los barrotes. En una caballeriza se movió un peso adormecido de patas, el agua se crispó más allá de la Cancela. Bajo los estremecimientos cambiantes de la claridad hasta sus señales ya aparecían en el rostro. La aurora; el león caminaba en la jaula. La aurora.

Entonces Lucrécia batió las alas.

Con aleteos monótonos y regulares volaba en las tinieblas sobre la ciudad.

Dormía con aleteos monótonos, regulares.

En medio del sueño, con un arrebato de ferocidad, Lucrécia Neves se levantó y recorrió el cuarto a cuatro patas, olfateando la oscuridad. ¡Qué cuarto! Aquella joven avanzaba dulcemente sobre sus patas. ¡Qué cuarto! Movía la cabeza de un lado a otro con paciencia.

Por fin se recogió para dormir.

El color del cuarto alcanzaba ahora una neutralidad aguda. Ni oscuridad ni claridad: visibilidad. Los edificios altos y madrugadores. Por la ventana el viento helaba los cabellos y nada más revoloteaba en el cuarto. Toda la casa olía a árbol viejo. De repente, bamboleada en el cabriolé, con una seriedad asombrada, se durmió. Había pasado el peligro.

¡Despertó con la marcha militar de los scouts! Los tambores retumbaban entre las cestas de pescado.

Despertó tarde, los caballos ya preparados en la línea de partida. Los grandes oídos leguminosos del sueño se reducían rápidamente a orejas pequeñas y sensibles. También la alegría de los scouts de S. Geraldo se condensó hasta concretarse en abejas minuciosas.

Lo que había sido húmedo se había secado. La muchacha encontró las cosas ya resecas por el sol. ¿Dónde estaba la tormenta de la noche anterior? A través de la ventana veía tranquilas tropas de centauros que avanzaban en las nubes, arrastrando sus majestuosos traseros. Y por el lado del campo bandadas de cuervos graznaban alto anunciando el buen tiempo…

En la calle un desfile, con el trombón. Los sonidos animaban el olor a pescado, paseaban focos luminosos por entre las ramas de los árboles. La joven miraba la ropa desperdigada, el cuarto todavía enorme.

Pero en medio de su incomprensión la marcha militar era de una realidad asombrosa. Hilos de telegrama pasando por el balcón abierto, y toda su aguda continuación tenía una inminencia: ¡el día!

La joven todavía suspensa en el cuarto. A veces dándole un pequeño impulso, balanceándose en él. Mirando de arriba abajo, de la cama colgada en el suelo; nunca había sido hoy hasta entonces.

El vestidor descomunal de la noche, ahora ya empequeñecido, bullía de ropas y sombreros. La claridad olía a hojas cortadas: estaban podando los árboles en la calle del Mercado y las podaderas levantaban polvo como en una obra. S. Geraldo parecía enorme, lleno de escaleras apoyadas en los troncos de los árboles, los muebles sacudidos por una violencia constante que era ¡las nueve de la mañana! El reloj de la torre empezó a sonar y la joven estornudó.

Atravesando el túnel bamboleante que se abría finalmente en un cuarto de la casa, ahora ella espiaba ya despierta, sagaz, Lucrécia, una extranjera solo protegida por una raza de personas iguales, esparcidas por sus puestos.

Dos calles más allá tres mujeres de piedra sujetaban la puerta de un edificio moderno. Los hilos telegráficos temblaban en puntos y guiones… De un salto Lucrécia Neves estaba en el balcón, conteniendo con las manos contra las piernas el camisón que el viento hinchaba.

Al principio no pudo abrir bien los ojos a causa del sol, pero poco después allí estaba el edificio tranquilo de la Liga Comercial. Los tejados expuestos. Calizas desmoronadas en los muros… En la claridad un albañil se estremecía al ritmo de su perforadora, excavando tranquilamente el pueblo a través de una de sus piedras. La gente miraba los escaparates… ¿Qué había sucedido con la ciudad de la noche anterior?

Como un murciélago, la ciudad era ciega de día.

6

Esbozo de la ciudad

Ese día Lucrécia Neves estaba en la cocina a las dos de la tarde.

Ana había salido de compras y el silencio se esparcía vigilante sobre la casa. Muchas otras veces la muchacha había fregado los platos de la comida mientras su madre iba a comprar. Era un día igual a tantos otros. Y tal vez precisamente por eso, como madurando, la tarde se aclaraba de un modo especial a través de las persianas. Donde la luz no conseguía penetrar había una inquieta oscuridad; toda la casa temblaba.

Lo que sucedió esa tarde sobrepasó a Lucrécia Neves como una vibración de sonido que se confundiese con el aire y no se pudiese oír.

Así fue como escapó de saber. La chica tenía suerte, por un segundo siempre escapaba. La verdad era que, por ese segundo de diferencia, otra persona comprendería de repente. Pero también era verdad que por ese mismo segundo otra persona sería fulminada. S. Geraldo estaba lleno de personas iluminadas que se agitaban llenas de alegría en la ambulancia del Hospicio Pedro II.

Lo principal era realmente no entender. Ni siquiera la propia alegría.

El agua salía del caño y ella pasaba el paño enjabonado por los cubiertos. Desde la ventana se veía el muro amarillo, amarillo, decía el simple encuentro con el color. Frotando los dientes del tenedor Lucrécia era una rueda pequeña que giraba rápida mientras otra más grande giraba lenta, la rueda lenta de la claridad, y dentro de ella una joven trabajaba como una hormiga. Ser hormiga en la luz la absorbía por completo y poco después, como un verdadero trabajador, ya no sabía quién lavaba y qué se lavaba, tan grande era su eficiencia. Parecía haber sobrepasado por fin las mil posibilidades que uno tiene y existía solo en ese mismo día, con tal simplicidad que las cosas se veían inmediatamente. El fregadero. Las cazuelas. La ventana abierta. El orden y la tranquila, aislada posición de cada cosa bajo su mirada; nada se escapaba.

Si buscase otro pedazo de jabón no podría ser que no lo encontrara, allí estaba, a mano. Todo estaba a mano.

Y esto era importante para una persona en cierta manera estúpida; Lucrécia no poseía las sutilezas de la imaginación sino solo la limitada existencia de lo que veía. ¡Ah!, gritaba un pájaro en el patio de la tienda.

Sin pintura su rostro perdía los vicios que en otros momentos Lucrécia necesitaba para darse cierto peso en este mundo. Con el rostro desnudo, ella también avanzaría si llamasen los niños. Iluminada, medida por las dos de la tarde. ¡Ah!, cortaba el pájaro en el patio. En el fondo ella se creía una diosa.

Tal vez para expresar su divinidad se paró, cansada, secándose el sudor de la frente con el brazo que sujetaba el plato.

Paseaba la mirada por el vasto pueblo soleado. Allí estaban las cosas recortadas y sin sombras, hechas para que uno se irguiese al mirarlas. Con el plato en la mano, su instrumento de trabajo, le gustaría expresar quizás a su madre, por ejemplo, que su hija estaba... estaba...

Miró un poco intrigada aquellas cosas iluminadas a su alrededor, obligándose ahora a exteriorizar, con un pensamiento, lo que sucedía fuera de ella.

Sin embargo no pasaba nada, estaba ante lo que veía, poseída por la cualidad de lo que veía, con los ojos ofuscados por su propia manera tranquila de mirar; la luz de la cocina era su modo de ver; las cosas a las dos parecen completas, incluso en su profundidad, porque se les ve la superficie. Desearía poder contar algo de esa claridad a Ana o a Perseu.

Pero, desamparada, fuerte, estaba de pie. Digiriendo su dificultad de razonar.

En aquella diosa consagrada por las dos de la tarde, el pensamiento, casi nunca utilizado, se había vuelto primario hasta transformarse, pero solo en un sentido: su pensamiento más agudo era ver, pasear, oír. Pero su tosco espíritu, como una gran ave, se acompañaba sin pedirse explicaciones.

Y sobre lo de contarle a Perseu lo que sucedía, todo era demasiado simple, incluso estúpido: estaba solo construyendo lo que existe. ¡Qué!, estaba viendo la realidad.

Además, cómo contárselo a Perseu o incluso cómo conseguir pensar, si todo aquello estaba hecho de cosas de las cuales se quisiese pedir una prueba... Para mantenerlas era únicamente necesario creer e incluso no dirigirse a ellas; toda la cocina era una visión de perfil. Cada vez que se volviera hacia el otro lado la visión estaría otra vez de perfil. Así es como la joven aseguraba la iluminación de las dos de la tarde, ahora levantando la cabeza ante un ruido, ahora corriendo a través de la casa hasta el balcón, llamada por el ruido de muchos pasos en la calle.

Abrió los postigos del balcón, vio seminaristas andando por la calle, en fila de dos y con vagos gestos, el vuelo de las sotanas... ¿Son felices?, se preguntó lánguida. A veces Lucrécia Neves era terriblemente inteligente. Se rio. Miró la tienda de enfrente.

Y miró un segundo piso, fulgurado de pleno por el sol. Una de las mil casamatas de la estúpida ciudad iluminada.

Pero qué orgullo ver en qué punto estaba su perfecto sistema de defensa. Quién sabe si un día carros blindados se apostarían en cada esquina. Aquel baluarte. La gloria de una persona era tener una ciudad.

Y ahora, después de atravesar otra vez los pasillos en penumbra, la cocina se abría al salón.

Un minuto de más ya la había transformado; ahora la manera interior de mirar ya no servía. Esos cambios parecía que dejaban a Lucrécia satisfechísima y la joven miraba las cazuelas tan bellas, tan deshinchadas.

Oh, nunca necesitaría nada más que esto, lo extraordinario nunca la tentaría, ni las imaginaciones; en realidad le gustaba lo que estaba allí.

Esa era la cuestión, «la cosa que está allí». No se podría hacer más que sobrepasarla. Y para sobrepasarla había que considerarla una suposición. Pero tal vez no era más que una hipótesis: era la cosa que está allí. Lucrécia solía contar chistes, ¡pero fingiendo que eran verídicos! Y la gente se reía mucho más al creer que era verdad, tanto asombraba lo irremediable.

En ciertos hechos ella creía, en otros no. No creía que las nubes fuesen agua evaporada, ¿para qué, si las nubes estaban allí? No llegaba a gustarle la poesía. Le gustaban los que contaban las cosas como eran, enumerándolas. Eso era lo que siempre admiraba, ella, que para intentar saber algo de una plaza hacía un esfuerzo para no sobrevolarla, que sería lo más fácil. Le gustaba quedarse en la propia cosa: es alegre la sonrisa alegre, es grande la ciudad grande, es bonita la cara bonita y así se probaba que solo su manera de ver era clara.

Hasta que, de vez en cuando, veía aún más perfectamente: la ciudad es la ciudad. Le faltaba aún, a su tosco espíritu, la selección final para poder ver solo como si dijese: ciudad.

Después de guardar los platos secos empezó la verdadera historia de esa tarde.

Una historia que podría ser vista de maneras tan diferentes que la mejor manera de no equivocarse sería solo enumerar los pasos de la muchacha y verla actuar como si únicamente se dijese: ciudad.

El hecho en sí es que Lucrécia Neves se había inclinado para sacudir la escoba en el patio de la tienda. Y sobre el alféizar de la ventana de La Corbata de Oro estaba la naranja en el plato.

Era una nueva manera de ver: límpida, indudable. Lucrécia Neves espió una naranja en un plato.

Después estaba el almacén de botellas, el cajón de madera, el libro de cuentas podrido, un trapo sucio y de nuevo la naranja. La mirada no era descriptiva, eran descriptivas las posiciones de las cosas.

No, lo que había en el patio no era un adorno. Algo desconocido había tomado por un momento la forma de esta posición. Todo eso constituía el sistema de defensa de la ciudad.

Las cosas parecían tan solo desear «aparecer» y nada más. «Yo veo» era lo único que se podía decir.

Fue después a guardar el paño de los platos, se paró ante la alcoba de Ana, cerrada con llave. Miró por el agujero de la cerradura. Qué grandes parecían las cosas vistas a través del orificio. Adquirían volumen, sombra y claridad; «aparecían». Por el agujero de la cerradura la alcoba tenía una riqueza inmóvil, pasmada, que desaparecería si se abriese la puerta.

También la ciudad debería ser espiada por una aspillera. Así el que espiase se defendería, como la cosa espiada. Ambos fuera de alcance. Así Lucrécia espiaba curiosa por la saetera, casi acuclillada junto a la cerradura. Con una atención máxima ella era inconsciente.

Se enderezaba ahora con dolor de riñones, iba al balcón del fondo, tendía el mantel húmedo.

Y veía el muro cortado por el liso balcón con sus hierros limpios. Sucedía algo.

Al mirar la joven parecía intentar impedir que existiese el muro alto con el balcón, porque nada se podía hacer con ellos, solo ver su existencia inexplicable. Respiró tranquila, sin exageración.

Todo lo que veía se volvía real. Miraba ahora, sin ansiedad, el horizonte cortado por las chimeneas y los tejados.

Lo difícil era que la apariencia era la realidad. Su dificultad de ver era como si pintase. De cada pared con un canalón nacía algo irreductible: una pared con un canalón. Los canalones,

¡qué insistencia! Cuando era un canalón pesado sería: pared con canalón pesado. No había error posible, todo lo que existía era perfecto, las cosas solo empezaban a existir cuando eran perfectas.

Abría ahora el trastero repleto buscando un lugar para guardar la escoba, mirando. Sucedía algo en aquel rincón: sucedía un tubo de goma atado a un grifo roto, una chaqueta vieja colgada al fondo y cable eléctrico enrollado a un hierro.

¡Los materiales de la ciudad!

Ella estaba mirando las cosas que no se pueden decir. Algunas disposiciones de forma le despertaban aquella atención vacía: los ojos sin piedad mirando, la cosa dejándose mirar sin piedad, un tubo de goma atado a un grifo roto, la chaqueta colgada detrás, el cable eléctrico enrollado a un hierro. Ver las cosas era las cosas. Ella golpeaba con la pata, paciente. Buscaba, como manera de mirarlas, ser en cierta manera estúpida y sólida y llena de asombro, como el sol. Mirándolas casi ciega, ofuscada.

A través de años de obstinación se había acentuado en esa manera suya de mirar lo que había de rudamente espiritual.

Era tosca de pie, una bestia de carga al sol. Esa era la especie más profunda de meditación de que era capaz. Bastaba, por otra parte, con reflexionar un poco y se volvía impermeable, el ojo soñoliento como modo abierto de ver las cosas. Solo el modo, no la posesión, cambiando de vez en cuando la posición de las piernas.

«Sé lo que estás intentando: estás intentando ver la superficie pero tienes la voz ronca», pensó de manera tan profunda y desconocida que parecía haber ido a un descampado para pensar y regresado rápidamente para continuar.

Se podía pensar todo mientras no se supiese. Aunque fuese arriesgado. Oh, pero ella tenía cuidado.

La cautela consistía en no tener idea de lo que hacía; llamaba a su mirada «estoy guardando la escoba», y esa preocupación bastaba. «Guardando la escoba» miraba al fondo del pequeño trastero mientras, al paso de un tranvía, todo en la casa se sacudía: bibelots, paredes, cristales claros y oscuridad.

Incluso el error era un descubrimiento. Equivocarse le hacía encontrar la otra cara de los objetos y tocar su lado empolvado.

Espiando. Porque las cosas ya no existirían más que bajo una intensa atención; mirando con una severidad y una dureza que hacían que ella no buscase la causa de las cosas, sino solo la cosa. Severa, corta, ronca, real, sumergida en sueño.

De repente, como si se le erizasen las plumas, asombrándose, ¡porque eran cosas intransformables!, ¡estrictas!, ¡no consumibles por la atención! «La cosa que está allí» era la última imposibilidad.

Y detrás la cal de la pared.

¡Qué ciudad! La ciudad invencible era la realidad última. Después de ella solo morir, como una conquista.

Pero ¿en nombre de qué rey ella era una espía? Su paciencia era horrible. Su miedo era sobrepasar lo que veía. Espiaba los canalones, la chaqueta y los cables eléctricos: tenían la belleza de un aeroplano. Bonitos como lentes, parpadeó.

Al mismo tiempo casi no se daba cuenta, a veces rascándose casi irónica, no tenía nada que hacer hasta que se casase. Apoyada sobre una cadera. Oh, se había posado un momento. Nada de eso le concernía; miraba desvencijada, un poco insolente.

Y si alguien pensase que había llegado el momento de dar un grito para asustarla, se sorprendería al verla volver la cabeza y escrutar tranquila, ligeramente sarcástica, los ojos de quien había deseado asustarla. Así era Lucrécia Neves cuando parpadeaba.

Y apartándose ahora con un recuerdo indescifrable. Toc, toc, toc, andaba erguida. Toc, toc, toc, era su manera de reducir todas las cosas exteriores a un ruido infantil y mecánico, los tacones como herraduras. La visión del trastero repleto había tenido el mismo sentido que si un día ella hubiese tomado un tranvía. O ido al dentista. Bonito como una motocicleta; ella aplaudía.

Fue entonces al balcón de atrás, tendió el paño de los platos, miró el patio. Nadie aprovechaba tanto una ciudad desierta como Lucrécia Neves, y sin llevarse una migaja. Sin tocar, sin transformar: mirando el patio de la tienda, asomándose del todo. Entre las ruinas vio una lagartija que huía levantando una pequeña polvareda.

Faltaba la parte más difícil de la casa: la sala, plaza de armas.

¿Donde cada cosa existía para que otras no se vieran? Ese era el gran sistema de defensa. Empezó con cuidado, protegiéndose con el pensamiento de que entraba allí para descansar un poco, mamá, porque he lavado todos los platos, estoy exhausta.

El balcón estaba abierto. Y en el centro la mesita sobre sus patas. Las sillas en guardia. Oh, las infinitas posiciones de la sala, como si alguien se tendiese en el suelo y mirase la lámpara oscilando en el techo... Se podía tener vértigo junto a un bibelot. Y eran siempre las mismas cosas: torres, calendarios, calles, sillas... pero camufladas, irreconocibles. Hechas para enemigos.

Las cosas eran difíciles porque, si se explicasen, no pasarían de incomprensibles a comprensibles sino de una naturaleza a otra. Solo la mirada no las alteraba.

Bajo las ruedas de una carreta, el espejo de la pared reflejó claridad y luz. Pero lentamente la sala herida dejó de sonar, mientras Lucrécia se calmaba. Se miraba las uñas, eso es lo que hacía, esas uñas deslucidas por el jabón.

Y todo aquello que se había retraído con tanta reserva cuando entró volvió a respirar lleno de madera, porcelana, barniz gastado y sombra. En el espejo flotaba el conocimiento de toda la sala.

¡La flor! Las flores se expresaban en pétalos, la cortina avanzaba hasta la mitad de la sala. Ana limpiaba cada día el polvo pero la tranquila penumbra no podría borrarla, y la sala envejecía con los bibelots helados.

Porque Lucrécia Neves no los entendía, no sabía cómo mirarlos; buscaba una manera, otra, y de repente allí estaban los bibelots. Casi la palabra: los bibelots.

¿Cómo decir que los bibelots estaban allí? Ah, miró fijamente, con brutalidad, esas cosas hechas de las propias cosas, falsamente domesticables, gallinas que comen de tu mano pero no te reconocen, solo prestadas, una cosa prestada a otra y la otra prestada a otra. Manteniéndose sobre los estantes o indiferentemente en el suelo y en el techo, impersonales y orgullosas como un gallo. Porque todo lo que había sido creado había sido al mismo tiempo desencadenado.

Entonces Lucrécia, también ella independiente, las contempló. De forma tan anónima que el juego podía ser intercambiado sin problema y ser ella la cosa vista por los objetos.

No en vano se había expuesto muchas veces en la colina del pasto esperando su turno.

Porque ahora parecía haber alcanzado por fin en sí misma el máximo de las cosas tranquilas bajo la mirada. Avanzando con majestad su propia estupidez hasta el punto más alto de la colina, con la cabeza dominando la ciudad.

¡Lo que no se sabe pensar se ve! La máxima precisión de la imaginación en este mundo era como mínimo ver. ¿Quién había pensado alguna vez la claridad? Al menos Lucrécia veía y golpeaba con la pata.

Sintiendo una alegría tan exterior que ya era la alegría de los otros lo que ella sentía, un dios impersonal para quien las nubes fuesen una manera de no estar en la tierra y las sierras la manera de estar más lejos.

La alegría de la joven era así.

Las flores en el jarrón. Una era roja. Tenía el tallo débil. Otra era rosa. Era pequeña. Sobre el suelo polvoriento sus piernas se posaban. Una flor se doblaba bajo el peso de su corola. La ventana rectangular. Vacía en la pared. El bibelot desplegaba la flauta. La flor más grande era pálida, con una corola grande.

Tal vez Lucrécia no llegase a lo que estaba a su alrededor y hubiese llegado solo a un paso antes de la evidencia de la sala, pero este es el lugar donde están las cosas. Un rincón de la sala oscuro. La pared curvada hacia atrás. El techo formado por tablas leves, sucias. La estantería. La puerta. El suelo. El ángulo. El reloj. Flor, jarrón, techo, suelo, persiana. Y, llegado de lejos, un objeto confuso que frente a su rostro se formó nítido y agrandado: la silla perfecta.

Lucrécia Neves la miró y reprodujo con la cara, imperceptiblemente, la expresión de la silla.

Su pensamiento en ese momento era después de todo muy inocente y visible: un pensamiento con cuatro patas, un asiento y un respaldo. Con esta reflexión parecía haber poseído hasta el final la perfección de las cosas.

Si no podía atravesar los muros de la ciudad por lo menos formaba ahora parte de esos muros, en cal, piedra y madera.

Entonces, poseedora del gesto aprendido en la noche de lluvia, con la mano izquierda extendida y el pie adelantándose, lo ejecutó, delicada, rígida. Señalando con gracia y precisión.

Oh, solo era una de esas piruetas de muchacha casadera. Son tan alegres. A veces dan volteretas incluso delante de los otros y después se ríen mucho.

Pero esta vez Lucrécia supo todavía menos que el cajero. Al acabar de limpiarse las uñas las frotó contra el cuero del sillón, comprobó el brillo que el jabón había deslucido, bostezó y salió.

7

La alianza con el forastero

Pero por la mañana, durante el desayuno, todo era amarillo, y cuando una hija tomaba café y el humo salía de la taza, y flores amarillas se habían esparcido sobre la mesa, una madre sentada a la cabecera era la dueña de esta casa: Ana reinaba.

El papel floreado de la pared, qué viejo amanecía. Cuando Ana se sentaba sus cabellos trenzados se enredaban en el papel de margaritas rosas, en los tallos verdes, en los puntos rojos…, pero todo era marrón. Durante el relente de la noche habían crecido por las habitaciones árboles de grandes copas que se mecían con un olor a parque mojado, el humo salía de la cafetera oscureciendo la casa en sueños.

Ana recogía las migas del bizcocho caídas alrededor de la taza y se las metía con avaricia en la boca, sin gracia, como en un hospital. Nadie diría que, concentrándose en los pequeños actos, ella gozaba de la mañana en casa, aplicándose con miopía en las cosas, manoseando el bizcocho, sonándose, lavándose; su vida tenía a veces esta delicadeza.

Mientras, fuera, los ruidos de la calle se iban animando, el olor de establo se agitaba con los primeros vientos, y los sonidos se enredaban como paredes en construcción; la ciudad se iba reconstruyendo imperceptiblemente.

Pero Lucrécia apenas ayudaba a la alegría matinal de la viuda. Con el batín corto, que la hacía retroceder a su infancia, la joven se relajaba con los codos apoyados sobre la mesa, deshecha, grande.

Y, si hablaban, en todo pensamiento había, casi sensible, un engaño y un sueño; de la cafetera salían vapores oscuros; pero ellas eran la madre y la hija, dándose como se dan las manos; y, aunque se creyesen excepcionalmente sutiles, nunca intentaban probarlo.

—No vas a salir hoy, ¿verdad, Lucrécia?

—Quizás sí, quizá no.

—Te estás aburriendo, ¿por qué no haces algo?

—Si fuese una sola vez y ya está —respondía la joven, de repente íntima, escapando a la fuerza—. ¡Pero hacer algo todos los días!

«Necesita casarse», pensó Ana, y era verdad.

—Debes tranquilizarte —dijo Ana, voluptuosa por tenerla para ella durante toda una mañana—. Siempre fuiste así, desde que puedo recordar, si hubiese llevado un diario lo verías, hija mía.

Un diario, decía ella como una persona que siguiese lo que sucedía en el mundo… Lucrécia la miró con admiración.

Pero después bajaba los ojos sobre la taza pensando en lo que Ana no había dicho, tal vez adivinando el proyecto de boda.

El asunto, precipitado por la comprensión de la joven, se volvió entonces fácil de abordar.

—Has paseado con mucha gente, al único que no has visto es a Mateus, ¿verdad, nena?… Es verdad que es mucho más viejo…

—No es eso…, al contrario… ¡Ah!, Mateus es de otro medio, mamá. Viene de otra ciudad, tiene cultura, sabe lo que pasa, lee el periódico, conoce a otra gente…

—… hace buenos negocios —dijo Ana con franqueza.

—Sí —asintió Lucrécia—. Sí…

—Y como no voy a vivir toda la vida…

¿A qué «toda la vida» se refería más que a la propia? Y ¿cómo no vivir toda la vida aunque se muriese en cualquier momento? Lucrécia Neves reflexionaba.

—Si te casaras con él tendrías muchas cosas, sombreros, joyas, vivir bien, salir de este agujero…, tener una casa bien amueblada… —continuó Ana, horrorizada con el camino que al final había tomado, la mano subiendo hacia la nuca.

Lucrécia Neves la miró con fingida sorpresa, como si fuese demasiado inocente para comprender, después riendo desagradable mientras su deseo sería el de por fin dar la espalda a S. Geraldo. Sin darse cuenta ya esbozaba el movimiento de libertad cuando encontró la mirada de Ana.

La simplicidad de la madre la avergonzaba. Si se casaba con Mateus, ¿cómo colocar a Ana, tan inexperta y pensativa, y tan delicada, en el medio lujoso en el que vivirían? Su madre tendría «miedo».

—No has comido nada… —decía Ana ofendida, mirando el bizcocho intacto.

En vez de responder Lucrécia se había levantado y ya subía los tres escalones de cemento, atravesaba el pasillo y entraba en la sala bajando la cabeza para pasar por la puerta aunque esta fuese más alta que ella, imitando, como una oscura recompensa, la costumbre de su padre muerto y alto.

Apenas se había sentado con el bordado en las manos cuando se abrió la puerta y el rostro de Ana apareció en el centro, sonriendo confusamente como la cara que se ve en la luna…

—… ni leche has tomado…

—Sí he tomado —mintió. Ana lo sabía, pero nunca se acercaría a sus mentiras.

—Está bien —respondió. Dudaba en la puerta, esperando que Lucrécia la quisiese.

Pero esta sonrió para acabar y Ana repitió: Está bien, hija, cerrando la puerta con un suspiro.

La pobre mujer odiaba S. Geraldo y se habrían mudado si, decía con reprobación, Lucrécia no fuese tan patriota. Incluso la casa olía a la ciudad, y eso ambas lo sentían, Lucrécia alegrándose, Ana queriendo hablar todo el día para escapar.

Porque alguna que otra vez se habían conmovido juntas ante alguna desgracia ajena —que despertaba enorme interés en Ana siempre que no hubiese sucedido en S. Geraldo—, ahora la madre venía siempre con el periódico en la mano, mirando a su hija a los ojos: una niña en F…, de dieciocho meses, se tragó una alubia y se asfixió. Pobre niña, suspiraba con atención, por lo menos esta ya no sufrirá más. Lucrécia se agitaba, conmovida.

Y ahora la puerta se abría otra vez, interrumpiendo su bordado. Ana dijo irónica: Perseu otra vez…

Este apareció enseguida como si estuviese escuchando detrás de la puerta.

Entró mirando a su alrededor con indiscreción; sus bellos ojos se movían pero la boca se cerraba como si guardase algo para más tarde. Es cierto que por la mañana él era siempre guapo y listo, pero Lucrécia, muy desconfiada, vio que esta vez era porque él había decidido cambiar de actitud. Ella no sabía cómo, ni Perseu tampoco.

—Buenos días —dijo el muchacho cuando la puerta se cerró, como si Ana no debiese oír ese secreto.

Nadie le respondió. Lucrécia Neves lo miraba dándole a entender que si cambiaba de actitud estaría solo. Perseu Maria no pareció perturbarse, cogió una silla y se sentó muy tieso frente a ella, transformando la sala tranquila en un nudo.

Después, con insultante calma, miró todo un poco, miró incluso las piernas de Lucrécia, lo que la llenó de rabia. Él, sin embargo, fingió desinterés y rápidamente examinó las orejas de la joven. Estas emergían de los cabellos oscuros como orejas de asno y parecían oír de lejos con insolencia.

Pero no se pronunció ninguna palabra. Ella ni siquiera lo miraba. Perseu, sin sentirse confundido, continuó mirando a su alrededor, parando la mirada sobre uno u otro bibelot como si de repente los descubriese y al mismo tiempo supiera tratar con ellos. Tenía habilidad para la mecánica y a todo le quería aplicar las manos pesadas. Al final notó que Lucrécia lo observaba y se sintió incómodo:

—¿Son tuyos…? —preguntó, señalando con el rostro.

—De la sala.

Él la miró con sorpresa y alegría.

—¡Qué tontería! ¡Las cosas son de las personas!

—De la sala —masculló Lucrécia Neves.

—Y ¿la sala, nena?

—Es de la casa, la casa es de S. Geraldo, no me fastidies.

—Ah. Y ¿S. Geraldo?

—Es… es de S. Geraldo, déjame en paz.

—¡Está bien, está bien! No es necesario que grites.

Así pues era verdad, él había cambiado de actitud.

—De la sala, ya te lo he dicho —repitió, dura pero más cautelosa.

De nuevo él no pareció alterarse y solo se recostó mejor en la silla.

—Ayer dimos un paseo.

—¿Dimos quiénes? —desconfió la joven.

Los ojos del chico brillaron de risa inteligente.

—¿Quiénes? ¡Esa sí que es buena! ¡El paseo dio el paseo!

¡Qué rápido había comprendido! Ella se apresuró a corregir:

—Lo que he dicho era una broma, ¿sabes?, a veces hasta bromeo con que los bibelots son de S. Geraldo, ¡imagínate! Pero son de las personas, claro, qué bobo eres. —Y como le costaba mentir tanto, añadió riendo—: Pero nadie sabe de quién, chico…

—Yo lo sé —dijo Perseu por decir.

Pero, viendo la mirada de curiosidad que le lanzaba, se levantó como un demonio en un ímpetu de alegría, se arrimó a la pared preparándose para huir si fuera necesario:

—¡Pues yo lo sé, *yo* lo sé!

—¡Eres ridículo!

Aunque realmente humillado con la ofensa, el joven no se apartó de su posición junto a la pared, los brazos separados en cruz; solo se encogió un poco y torció la cabeza, herido. «*Yo* lo sé», repitió, esta vez encolerizado.

—¿De quién son? —preguntó ella al final con esfuerzo.

Se quedaron un momento en silencio, mirándose.

—De Dios, por ejemplo… —dijo Perseu, también él decepcionado, encogiendo los brazos y disminuyendo.

Pero era ella ahora quien parecía dispuesta a avanzar, erizada.

—No son ni de Dios, son de ellos mismos, ¡idiota!

—¡Está bien, está bien! —se sorprendió el joven.

Se quedaron en un silencio pensativo. Sin hacer ruido, él volvió a la silla evitando ofenderla con una mirada.

Finalmente, cuando imaginó que ya se debería haber calmado todo, levantó precavido los ojos.

Con sorpresa vio que Lucrécia Neves no solo se había recuperado sino que estaba soberbiamente sentada.

Sintiéndose observada, la muchacha creyó que sería el momento de anular los proyectos de modificación del chico, si es que él no estaba ya vencido. Tranquila e indiferente comenzó a espiar su propia mano como si esta no le perteneciese, haciéndola girar y volver a girar y mover los dedos como señales o haciéndolos correr como ratones sobre el brazo del sofá, demostrando a Perseu su capacidad de malabarismo. Cuando por fin recibió de él la antigua mirada que decía: ¡eres extraordinaria!, se abandonó, saciada.

Pero ahora era él quien no la abandonaba.

La miraba disimuladamente, casi pudiendo saltar sobre ella.

Lucrécia Neves lo había irritado. Un día podría casarse con ella y transformarla, como un hombre puede dar una zurra a una mujer, pero aún tenía la delicadeza de dejar ese trabajo para otro.

Lo que no le impedía estar tan irritado que sería capaz, con un único y gran manotazo, de romper aquellos sucios bibelots.

En ese momento el joven pareció comprender que a ella le gustaban mucho y la detestó y los detestó. ¡Él era un hombre! No soportaría más las delicadezas y barrería de un gesto a las mujercitas inteligentes de S. Geraldo, con sus bibelots y sus caprichos, y se quedaría solo.

Era este el cruel deseo del chico, mientras la observaba con ferocidad. Lucrécia, amenazada, crecía en su defensa, ambos mirándose con rabia, pero la verdad se transformaba, astuta. Él con la frente fruncida, ella ya asustada, él masculino, ella femenina, una ligera, el otro sólido, ella mala y él bueno. Entendiendo antes que él la situación en que se encontraban, la muchacha lo miró con desafío. Perseu retrocedió.

Ambos se miraron decepcionados y atentos.

Oh, claro que él la quería, sintió Perseu; de repente ella le era necesaria tal como la joven parecía necesitar muebles y bibelots; ¿la necesitaba para que ella concretase algo con su presencia? En un movimiento fugitivo, casi negativo, así fue como él la comprendió por un momento.

Mientras tanto Lucrécia reinaba mirándose las uñas. Un día él le tocó el hombro para enseñarle algo y sintió los huesos de aquella que se creía una reina…

Empezó deprisa a contarle los planes que había hecho para dar un paseo, después de todo el motivo de su visita matutina:

—Tomamos el tranvía en el mercado, bajamos en la segunda parada, desde allí cogemos el camino del…

Poco después, interesada, ella seguía el plan.

Y luego, ambos distraídos, de nuevo parecían pensar en lo mismo, en el amor fracasado de hacía unos minutos, y ella nunca perdonaría.

Y él sabía que había hecho lo que debía para poder continuar su lento camino, que lo llamaba más que una mujer. Pero tenía vergüenza de haber acertado.

Se callaron al mismo tiempo. La chica se miraba las uñas, el chico los zapatos.

—Esta mañana estaba durmiendo —dijo ella de repente, como una niña— cuando una cosa me despertó, pero después volví a dormirme y soñé que alguien daba a cada persona el sueño perdido para que la gente lo recuperara, ¿sabes? Entonces me preguntaron si para mí eran mil o dos mil años de sueño, yo decía dos mil, entonces me cerraban los ojos otra vez y yo…

—Pero ¿quién? —interrumpió Perseu Maria removiéndose en la silla.

—¿Quién cómo? —preguntó enervada—. ¿No te he dicho que era «algo»?, pues entonces —continuó sonriendo de nuevo con gula y prisa—. Yo cerraba los ojos e iba volviendo, volviendo, hasta que eso era yo durmiendo, quiero decir —y se enfadó por tener que explicarlo incluso sin que él preguntase—, eso era estar yo durmiendo. —Se paró decepcionada—. ¿Y tú? —preguntó después de la pausa con una rivalidad que la curiosidad vencía.

—Nada, ¡no he soñado nada! —respondió ardiente, de tan nervioso como se ponía con los sueños de Lucrécia Neves.

Desilusionada, ella lo miró intentando leer en aquellos ojos dulces, en aquella figura tímida y morena donde lo que hubiera de fealdad era belleza en la calle del Mercado. Quizá nunca encontraría un hombre tan guapo, pensó con pena bajando los ojos para esconder una cierta avidez:

—Si mi madre muriese vendría a vivir contigo.

—¡Cómo!

La muchacha bajó de su propia mirada absorta y consiguió contemplarlo a través de la imaginación:

—No nos vamos a casar pero somos como novios.

Y así era.. Él se asombró con admiración: «Es realmente así», murmuró mirando al techo, la boca en forma de silbido.

—¿Qué te parece? ¿Debo irme? —preguntó después, infeliz.

—Sí, vete —dijo ella con mucha delicadeza.

Como no se levantaba, Lucrécia Neves añadió amable:

—Mamá se ha cortado en un dedo, ¿sabes con qué?

—¿Con qué…? —preguntó con desconfianza.

—Con un papel… Era papel fino. Se hizo un corte pero la carne no se abrió. Solo se hizo una raya y salió sangre.

—Mentira —dijo él, sabiondo.

—A ti siempre te parece que es mentira lo que tú no crees —respondió la chica con altivez—. Hasta se puso desinfectante. El papel también corta, chico, pregúntaselo a tu padre…

—Me voy —repitió él, inquieto, tendiendo la mano. Ella se rio.

—¡La gente como nosotros no necesita dar la mano! —Y ella intentaba sofocar la risa porque Perseu se había ruborizado y había retirado la mano pero no del todo. Y mientras se reía mostrando los dientes separados, él salió casi corriendo, horrorizado, tropezando con la estantería.

Sola de repente, la joven apenas tuvo tiempo de acabar su risa.

El sol, cercano el mediodía, irradiaba el espejo. Por el balcón llegaba un olor a tren, a árboles y a carbón, el olor a campo invadido que tenía S. Geraldo; ella misma se encogió perezosa, viajando agitada por la sala. Y finalmente, bajo el rumor de las ruedas, se adormiló hasta cabecear.

¿El espíritu liberado se juntó con el viento por la ventana abierta? Y, cada vez más nítida, ella era un objeto de la sala, sus pies se apoyaban en el suelo, el cuerpo se revelaba en el sexo y en la forma. Todo lo que había sido sobrenatural —la voz, la mirada, la manera de ser— se había acabado; lo que quedaba aún es lo que estremecía la casa. Sería el momento de que alguien la mirase y la viese. Y de tener los ojos heridos por el brillo duro de su pequeño anillo en el dedo, cuya piedra reunía en sí la fuerza de la sala.

La puerta se abrió y su madre la despertó:

—¿Me llamabas?

Lucrécia Neves abrió los ojos, espió sin entender. Había pasado mucho tiempo.

—¿Estás bien? —se inquietó Ana—. Estás demasiado roja…

—No sé…, tengo hambre —dijo en voz alta, rascándose con dificultad.

«Hambre», pensó la madre, sorprendida.

Nunca había oído esa voz en su hija. Sí, dijo Ana, recuperando con dificultad una nueva maternidad, ella tiene hambre, repitió atontada para que otros oyesen y juzgasen, y supieran que su hija había dicho, con su voz más infantil y egoísta, que tenía hambre. Ah, niña, es el regreso de la salud, dijo vacilante, es el regreso de la salud, repitió saliendo a buscar la leche, perpleja, un poco amarga.

Lucrécia Neves sonreía con misterio y estupidez. Tenía hambre, sí, y se arañaba el rostro con las uñas, parecía gorda de verdad, de hecho había alcanzado cierta edad.

De ahora en adelante quizá no tuviese ya nada que perder. Ahora ya sería incluso demasiado tarde para morir.

Sonriendo, bonita, mirando su mano derecha donde quería ver pronto un anillo de compromiso. Más que de compromiso, una alianza.

8

La traición

Un mes después de haber vendido S. Geraldo, fue con el amigo de Mateus a tratar de los papeles de la boda.

El amigo dijo:

—Espera en esta esquina mientras voy al notario.

La joven entonces respondió:

—Claro, señor.

Y en la esquina se quedó, sujetando su bolso. Estaba tranquila aunque desconfiada.

Con prudencia miraba a un lado y a otro, calculando y midiendo la nueva ciudad que había comprado.

Pero no era ninguna ingenua sacrificada. Lucrécia Neves deseaba ser rica, tener cosas y ascender de clase social.

Como las ambiciosas jóvenes de S. Geraldo, que esperaban que la boda las librase del pueblo, así estaba ella, seria, vestida de rosa. Zapatos y sombrero nuevos. Atractiva en cierto modo. En cierto modo enigmática. Retocaba algún pliegue arrugado de la falda, se sacudía una mota de polvo de la manga. De vez en cuando daba un suspiro de buena educación.

Pero, quizás extraviada por el viento, tal vez por estar en una esquina, poco después entreabría los labios que el aire secaba; y sonreía. Modesta en su crimen, sin culpa. A veces apretaba el bolso, suspiraba arrobada.

Y cuando el abogado reapareció, tan ocupado, lo miró de lejos como tonta, suelta por esas calles que no eran suyas, con un hombre que hablaba y conducía, ¡un abogado!, el primer elemento que realmente conocía de Mateus.

Y la primera manifestación técnica de esta nueva ciudad adonde iría a vivir. El polvo se arrastraba por las calzadas y la luz le fruncía el rostro.

Lucrécia estaba muy arreglada. Ana la había ayudado a vestirse, sollozando, mientras ella misma aún guardaba un sentimiento que solo empezaría con la boda, un sentimiento que no sabía empezar y ya era casi la hora...

—... por aquí —le informaba el abogado mirándola rápido, nuevamente sorprendido con la novia pueblerina que Mateus, siempre imprevisible, había descubierto. Entonces Lucrécia Neves le respondía con una sonrisa seria.

Es el destino, se susurraba siguiéndolo tan deprisa como podía con aquellos zapatos, sujetando el sombrero que el viento se quería llevar. Es el destino, decía contenta de ser subyugada. Feliz aunque inquieta porque la sorprendía la ausencia de peligro.

En las calles llenas de gente nadie la miraba a ella, cuyo vestido rosa tendría sin embargo encanto en S. Geraldo.

También quería no perder tiempo y mirar enseguida la nueva ciudad —esta sí una verdadera metrópolis— que sería el premio del forastero; todo hombre parece prometer una ciudad más grande a una mujer.

Buscaba una manera muy propia de mirar y así fue como, a través del triángulo formado por el brazo que sostenía el sombrero en la cabeza, vio a un hombre correr para coger el tranvía…

En realidad eran las cosas nuevas las que la miraban y ella pasaba entre ellas corriendo detrás del abogado. Una vez fuera del pueblo, había desaparecido esa especie de belleza que poseía y su importancia había disminuido. Además no tuvo tiempo para pensar porque el abogado la invitó a tomar un café. Entonces se puso solemne, aceptó con una inclinación de cabeza, censurándose por estar distraída en tales momentos. Contenta de iniciar ya el ritual de su nueva vida, se sentó con precaución sobre su falda plisada. Hasta pasteles llegaron a la mesa… Ella se comió uno, con el meñique levantado y la otra mano recogiendo las migas. ¡Qué miedo tendría Ana! El pastel y la boca secos. Y en la taza el café temblaba al paso de los vehículos.

Estaba pasando algo sin interés para nadie, seguramente la «verdadera vida». Sin embargo en esta Lucrécia Neves empezaba a ser anónima. Lo que después de todo no era tan malo, al menos era mucho más amplio. Un perro entró en el café, se encaminó directo a la muchacha, tocándole los tacones altos.

—Vete, vete —dijo dura y sonriente—. Vete, vete.

No se iba. Y, desdichado, olfateaba con tristeza, detalle y necesidad los zapatos de charol. Entre todos él la había reconocido. ¡Vete!, exclamó tan trágica y exhausta que el abogado preguntó:

—¿Tanto le molesta?

—Sí —respondió con la voz rota, sonriendo…

Él dijo:

—¡Largo! —Movía la mano.

El perro se fue inmediatamente, sin prisa.

Ella se rio admirada.

—Se ha ido, abogado…

El abogado sin embargo ya no la miraba, ocupado otra vez con la carpeta de papeles. Entonces Lucrécia Neves recogió su sonrisa. Tosió un poco como señal indescifrable de sutileza. Estaba ceremoniosa y feliz en la entrada a la gran ciudad. Una sirena de bomberos pasaba anunciándola.

9

El tesoro expuesto

No había ni siquiera un gesto que pudiese expresar la nueva realidad.

Y, en medio de esa riqueza, estaba Lucrécia Correia despeinada, en *robe de chambre*, sin conseguir reinar sobre el tesoro, adivinando apenas hasta dónde iba el magnífico trastero. Había perdido ahora alguna de sus preocupaciones, intensamente feliz, arrastrándose, espiando, intentando inventariar el nuevo mundo que Mateus había provocado con el brillante en el dedo medio.

Por fin parecía no tener tiempo para nada, como la gente.

El hotel donde Mateus y Lucrécia se habían instalado tenía unas comodidades ya pasadas de moda. Pero ninguno de sus huéspedes lo cambiaría por otro más moderno. Incluso la decadencia de los salones les recordaba los tiempos de pobreza y de abundancia que se tuvieron en familia y, sobre todo, «la otra ciudad» de donde todos vinieron.

En el hall adornado con palmeras los frisos de las paredes dejaban ver ya el fondo podrido de la madera, y las moscas en el comedor devolvían la gran ciudad a la época en que había moscas. Aunque, pocos días después, a la recién casada le pareciese no haber visto nunca una vaca o un caballo.

Fue en este medio, favorable a la maduración pero también a la descomposición, donde Mateus instaló a Lucrécia Neves como a una reina. Después del primer almuerzo esta abarcaba el anillo de su marido.

—Espero que seas feliz aquí —le dijo este, y tenía el aire modesto de haber mostrado parte de su carácter.

A Lucrécia los restos de una dicha mal enterrada la habían fascinado tanto como el continuo ruido de aquella ciudad, y se dejaba guiar por el marido en visitas a «lugares», con la esperanza de llegar a entender a los taxis que se cruzaban entre los gritos de los jornaleros y aquellas mujeres bien calzadas saltando sobre el barro.

Porque esta ciudad, al contrario de S. Geraldo, parecía manifestarse siempre y las personas se manifestaban en todo momento.

Mateus Correia la llevó al Museo, al Jardín Zoológico, al Acuario Nacional. Era así como él insistía en mostrarle su propio carácter: mostrándole las cosas que había visto; paciente, esperando que aquella mujer se volviese igual a él.

Ella lo entendió todo con atención, como si le enseñasen dónde quedaba el lugar para guardar vestidos, dónde estaba el baño y por dónde se encendía la luz.

En el Museo, cogidos del brazo, vieron máquinas antiguas en lenta evolución hasta convertirse en eso tan esencial: modernas. Ella lo entendía todo, admirando a su marido.

Pero, en el Acuario Nacional, por más que buscaba no llegaba a saber qué había visto Mateus en él. Y cansada de recorrer el alma de su esposo, que parecía haberse extendido por toda la ciudad, sumergiéndose aquí solo para reaparecer diferente e inconfundible por el otro extremo, ya cansada y tomándose al final un descanso, miró por su cuenta: los peces.

Varias veces Mateus intentó tirar de ella para salir. Pero ella, en un indicio de su crueldad futura, se mantuvo dura y en pie. Con un poco de cólera veía en el acuario empotrado en la pared la superficie del agua de arriba abajo, de abajo arriba; veía los peces tocar casi la superficie y volver con un dulce coletazo y atacar de nuevo suavemente, intentando con paciencia insomne sobrepasar la línea de agua.

El único lugar donde podían vivir era también su prisión. Eso fue lo que ella vio, tozuda, comparando el agua de los peces con S. Geraldo, y dando el primer codazo a Mateus, que insistía en salir.

Incluso en su ciudad Mateus Correia seguía siendo un forastero, un hombre que de todos los lugares obtenía lo que necesitaba. Vivía en la calle siempre apresurado pero siempre tranquilo y elegante. Sus flancos eran fríos, y también sus piernas y el cuello, resultado tal vez de aquella mudez con que se encerraba en el baño durante una hora. Salía de allí frío, con el pelo gris perfumado. Las uñas cortas destacaban, lívidas, en la mano grande, en el bolsillo de la chaqueta un pañuelo perfumado. Aires de abogado o de ingeniero, tal era su misterio. ¡A ella no le interesaban solo los negocios del marido sino cómo él se arreglaba!

Un adiestramiento continuo. Él era masculino y servil. Servil sin humillación, como un gladiador que se alquilase. Y ella, siendo mujer, lo servía. Le secaba el sudor, le acariciaba los músculos. La envilecía vivir a costa de las idas y venidas y de los entrenamientos de Mateus, tendiendo camisas que el polvo de la ciudad volvía a ensuciar, o alimentándolo con carnes y vinos. Pero no podía evitar fascinarse por aquel orden minucioso, que parecía haber sobrepasado hacía mucho sus motivos; no podía evitar pasarse los meses preparándolo para el combate.

Esperaba que por fin un día alguien aplastase a su coloso y, con horror, ella quedase libre. Cada vez que él volvía al hotel, su esposa se sorprendía de verlo aún libre. Allí todos parecían vivir ilegalmente de empleos extraordinarios. Mateus Correia, por ejemplo, era intermediario.

Esa función lo dejaba enigmático y satisfecho; comía poco por la mañana, la besaba, su boca a través del café olía a pasta de dientes y a náusea matinal, llevaba anillos en los dedos como un esclavo.

Y, después de haberlo ayudado a prepararse, ella se quedaba sentada a la mesa, mirando cómo se movía. Todo era Mateus Correia ahora. El baño de Mateus. Los cepillos de Mateus. Las tijeras de uñas de Mateus. Nunca se había visto una vida más secretamente exterior que la suya; ella se abismaba ayudándole. Ni siquiera necesitaba conocerlo mejor.

Y, además, él era muy ocurrente. «A veces me muero de risa, mamá», escribía en los momentos libres. Ana se había trasladado a la hacienda de su hermana.

La misma Lucrécia había sido atrapada por algún engranaje del sistema perfecto. Si había pensado que aliándose con un forastero se libraría para siempre de S. Geraldo y caería en la fantasía, se había engañado.

Había caído de hecho en otra ciudad —¡qué!, en otra realidad—, solo más avanzada porque era una gran metrópolis donde las cosas ya se habían confundido de tal manera que los habitantes o vivían en un orden superior a ellas o estaban aprisionados por algún engranaje. Ella misma había sido atrapada por uno de los engranajes del sistema perfecto.

Quizás mal atrapada, cabeza abajo y con una pierna fuera. Pero desde su posición, quién sabe si privilegiada, todavía podía espiar bastante bien. De pie, en la puerta del hotel. Viendo cómo se cruzaban los millares de gladiadores de alquiler. Y, mientras esas estatuas pasaban, los ratones, verdaderos ratones, sin tiempo que perder, roían lo que podían, aprovechándose, agitándose de risa. ¿Qué has hecho en verano?, preguntaban ahogándose de risa, ¿bailabas? En conciencia no se podía decir que los gladiadores bailasen. Al contrario, eran extraordinariamente metódicos.

Ya con el deseo de un orden superior, Lucrécia esperó a ir dos o tres veces más al teatro, anhelando el momento en que alcanzaría un número difícil de contar, como siete o nueve, y podría añadir esta frase: «yo iba al teatro casi siempre».

Sentada entre el público, mientras el ballet seguía en el escenario; en la oscuridad se abanicaba. Se había agregado a un pueblo y formando parte de esta multitud sin nombre se sentía a la vez célebre y desconocida. Detrás del palco, detrás de la oscuridad, sí que adivinaba un salón —otro salón— en fuga. En los pasillos, puntillas que llegaban atrasadas, manos que apartaban cortinas y, jadeantes, las personas añadiéndose a la oscuridad…, ella misma excitada por los abanicos, sudando en su primer vestido negro de casada, «me casé en verano», en orden.

En el escenario piernas y pies bailaban sin que Lucrécia Neves Correia lo entendiese exactamente. De la íntima incomprensión de la calle del Mercado había pasado a la incomprensión pública. Claro que intentaba iniciarse en las expresiones del rostro de los otros y en esos términos con los que el mundo de Mateus demostraba conocer los pormenores, la parte profesional de las cosas. Vivía sacándose motas de polvo imaginarias del vestido y este gesto precioso dejaba entrever grandes conocimientos. Pero, a pesar del esfuerzo, conseguía mirar el ballet fascinada. Especialmente porque de lejos era imposible ver más que con prismáticos. Sobre el escote los prismáticos de su marido le cegaban el rostro.

Diciéndose con un cuidado antes desconocido: es necesario olvidar al bailarín.

Porque la recién casada se estremecía presa de amor por el bailarín. No me dejes, decía, abandonándose ceremoniosamente. Mateus Correia le ofrecía bombones, le compraba de todo y Lucrécia ya empezaba a irritarse con este hombre que la había tomado por el placer de tener una mujer joven y caprichosa. El bailarín, con un movimiento elástico e indolente, la llenó de sorpresa, le rompió una vena de sangre en la boca; ella la mezcló con la dulzura del bombón, limpiándose los dientes con la uña.

Su falta de sensualidad era una sensualidad repugnante del corazón, la boca llena de sangre, amando al bailarín. ¿A qué estaba él entregándose?, recordaba ella. Se volvía a ver en él en una noche de lluvia, intentando señalar las cosas, como él intentaba con horror.

Él era el bailarín de aquella ciudad.

Pero si ella había podido leer en el rostro de Perseu, de Ana, de Felipe, e incluso del doctor Lucas, en el del bailarín no podía, era un rostro demasiado claro.

¿A qué se estaba entregando?, sentía cautelosa. Sin embargo, comprendía mejor la danza del bailarín que otras manifestaciones de la ciudad. Si él le despertaba el compromiso antiguo, ella ahora no tenía tiempo, tenía la falda presa por algún engranaje del sistema perfecto. Al mismo tiempo nadie la sacaría de allí, tenía derecho a estar en un palco. Esta era su época. La extraordinaria garantía.

Poco después el entreacto iluminaba todo el teatro, el bailarín desaparecía de un salto, la ciudad entera aplaudía. Entonces ella se levantaba con Mateus, protegida, arrastrando las caderas como un pavo real. La respiración de la gente iba llenando los salones de calor, cada cosa repetida por los espejos en mitad de la noche. En una ciudad avanzada cada noticia era divulgada por la radio, cada gesto multiplicado por los espejos, había una preocupación por valorar las manifestaciones conseguidas.

Todo eso, sin embargo, fue al principio de su matrimonio.

Porque después aprendió a decir: me ha gustado mucho, el teatro estaba bien, me he divertido tanto. El orden superior. Ha estado muy bien bailado, aprendió a decir moviendo las cejas y se libró para siempre de tantas realidades insuperables. Esta es la plaza más bonita que he visto, decía, y después podía atravesar con seguridad la plaza más bonita que había visto.

Así era. Qué rápida cacería. Salía de compras, iba por la sombra mirando las placas de los dentistas, los tejidos expuestos; hasta la tienda era cerca, más allá era «lejos»; calculaba en el nuevo paisaje, comparándolo con el de S. Geraldo.

Oh, no se podía comparar. Más allá renovaban el pavimento de una calle y las máquinas perfeccionadas se calentaban al sol. Dentro de pocos días el pavimento ya no sería tan actual e instrumentos aún más perfeccionados vendrían a corregirlo. Varios transeúntes miraban las máquinas. Lucrécia Neves Correia también. Las máquinas.

Si uno no las comprendía quedaba completamente fuera, casi aislado de este mundo. Pero ¿y si las comprendía? Si las comprendía estaba completamente dentro, perdida. La mejor posición sería irse, fingiendo no haberlas visto. Fue lo que hizo Lucrécia continuando las compras.

De regreso, la entrada en el comedor del brazo de Mateus Correia teniendo que fingir felicidad a pesar de ser tan feliz; plátanos de postre. Qué terrible mediodía en la ciudad: plomo ardiendo, ¡me casé en verano! Todos comiendo todos los platos del menú. Estaba permitido, aún no había estallado la crisis. Después su marido se iba, los bigotes, el periódico. Nadie que llamase a la puerta para dar un recado. No me relaciono con nadie del hotel, pensaba altiva en la habitación con las persianas bajadas donde intentaba dormir porque Mateus quería que engordase aún más, aún más, aún más.

Oh, ni siquiera sabía hacer un resumen de Mateus sentada a su lado en la heladería.

Él llevaba un sombrero de ala ancha. Y se había dejado crecer la uña del dedo meñique. De ala ancha y uña larga, ¿Mateus? No, él no era despiadado. Pero las cosas se habían desarrollado de tal manera que le parecía urgente conmoverle y conseguir su piedad. ¡Cómo lo halagaba!, una aduladora, eso es lo que era. También porque quería más regalos.

¿Y cuando había una fiesta?

De repente había una fiesta, invitaciones conseguidas sin mucho derecho, parecían conseguirlo todo por medios prohibidos, cada uno defendiéndose como podía; el mundo giraba, ella escogía, sudaba los tejidos, Mateus aconsejaba, ella al final desnudaba sus brazos, el inicio de los senos. Entraba en el salón.

Brazo posado en el del marido, falda arrastrándose por el polvo, luces, mujeres más bellas que ella, cuya espalda estaba desnuda y también desnudos los brazos plácidos, por fin había engordado. ¡Y él!, con sus bigotes, servil, dominador. En ese momento ella lo desconocía por completo, dentro del desconocimiento ya familiar con el que ambos se comprendían. Él se apartaba para saludar —¡Mateus!—, la voz de ella muda atravesando el salón, atravesando las ventanas abiertas al claro de luna, ¡qué le importaba el claro de luna!; su mirada corría por entre los ruidos de las faldas, qué le importaba la seca luz de la luna —¡Mateus!—, porque él era el guía ciego pero el guía —¡Mateus!— que, de espaldas a ella, examinaba de arriba abajo a una mujer que ni siquiera estaba desnuda.

Sin contar con el espejo que le retorcía los bigotes. Y desvelaba una expresión nueva, ávida y dulcísima…, tan hechizante que ella misma sonrió. Mateus era gordo y guapo. Y ¿peligroso?, como un acróbata. Él parecía tener la precaución de no confundirse nunca consigo mismo. Él era el resultado, en el espejo, de la manifestación de otro. Ella, que siempre había querido las verdaderas cosas, madera, hierro, casa, bibelot. A veces le decían: la he visto con su padre; ella se regocijaba ofendida.

Y así su marido la invitó a bailar, con una delicadeza que lo hacía aún más desconocido. Y la gran bailarina de S. Geraldo equivocaba sus primeros pasos… pisándolo. ¿Dónde estaba su importancia? ¿Y la sala de estar? Y en medio de todo esto era tan feliz que se ahogaba. «He alcanzado el Ideal de mi vida», escribía a Ana.

—Nunca se ha visto tanta comida —dijo Mateus, orgulloso como si la fiesta fuese suya, así era como cada uno se apoderaba de lo que podía—. Se ve que tiene algo del Gobierno.

—¡Es verdad! —replicaba ella llena de alegría, sorprendida de que la Lucrécia de S. Geraldo hubiese subido tanto como para mezclarse con los que dirigían una ciudad, ¡qué!, un país…

Volvían en coche al hotel —¡cómo sabía gastar Mateus!—, ella se abanicaba radiante. Pero que él la dejase dormir.

—Estoy cansada —avisaba con astucia de esposa.

Y si la luz de la luna volvía a empezar con su muerto silencio, el ambiente universal evitaba la noche verdadera; el modo íntimo se reducía a impersonal. Profundamente feliz.

Solo un compromiso antiguo ya no se realizaría. Todavía podía ver y veía. Pero se había caído de la superficie de las cosas hacia dentro.

A veces llovía, era tranquilo, ella decía:

—Hoy es jueves, Mateus. —Y todo se actualizaba.

Él era incapaz de decir una palabra fea y cuando, encolerizado, dejaba escapar el principio de una, ella se apoyaba en el respaldo de la silla riendo con la cabeza baja, riendo mucho, y su marido la miraba con sorpresa, halagado; enfadado y halagado:

—Pero si no he dicho nada —decía riendo con modestia, porque ella lo ayudaba a ser un tipo—. ¡Pero si no he dicho nada! —exclamaba, y su mujer se reía bajo la catástrofe.

Además de halagarlo, el resto era escrutarlo inútilmente. Abismada. Aquellas criaturas no sentían la menor necesidad de explicarse, tanto era su misterio. Con sus uñas limpias de hom-

bre que sabe cosas y que bebe sin embriagarse. Y muy bueno
con ella:

—Si necesitas algo, dilo, nena.

Lucrécia Neves aprovechaba:

—Pues, mira, necesitaría un vestido con volantitos en las
mangas y en la falda.

Él no se negaba, ah, eso nunca, se lo daba todo. «Tengo
todo lo que puedo soñar», escribía inmediatamente a su madre, lista para registrar un dato más. Finalmente imaginó que
él a la fuerza tenía que tener una amante, ¡porque era tan masculino y misterioso! Empezó a registrar sus bolsillos.

Hasta que al abrir su cajón encontró el sobre. Lo abrió al
vapor y encontró dentro la radiografía de dos muelas.

¡Sí!, pero todo eso era más alegre, los días pasaban, meses y
meses pasaban, se perdían horas y en el fondo de todo aquel derecho reconocido, los periódicos publicándose, una generación
como garantía y tantas veces había llegado su turno de sentirse
culpable, ambos se retrasaban o perdían el tranvía, ah, ¿y buscar
y no encontrar una calle? Me he perdido, Mateus, querido, no
conozco la ciudad, y llegar tarde, las vacilaciones, cuántas veces
las vacilaciones como cambios de luz, y no se necesitaba forzar
la unión de un trecho a otro, bastaba dormir para despertar al
día siguiente, a veces más tarde, a veces más pronto.

Lo principal era no salir del lugar por impaciencia. Tener
mucha perseverancia. Y al final se llegaba, como ahora, a un
cierto punto. Llevada por los taxis, por el despertar otro día
mucho más pronto, por preparar indefinidamente a Mateus.
Todo esto la había llevado al punto de estar comiendo una naranja ácida, cerrando los ojos mientras el hombre preguntaba:

—¿No te parece, nena?

—Sí, sí —decía contenida, la acidez le secaba las yemas de los dedos, cegaba sus dientes—. Sí, sí.

Pero él ya había visto la naranja, ¡el muy sabiondo!, y se reía.

—Naranja ácida y limón cortan la pasión —se reía el gladiador. Y la estridencia volvía a empezar, cada arista molestaba. Porque ella tenía sus nervios:

—Tú y tus nervios. —Pero él perdonaba, el buen, el misterioso Mateus, encerrándose en el baño.

Una noche Lucrécia lloró un poco, mientras el luchador exhausto soñaba a su lado. Tranquila la noche, realmente agradable, y el cielo estrellado. Después no sabía en qué momento se había dormido, así llegó el día siguiente, añadiéndose a su riqueza.

Entonces ella dijo encolerizada: Me voy de aquí.

Con la esperanza de que, al menos en S. Geraldo, «una calle fuese una calle, una iglesia fuese una iglesia y los caballos llevasen cascabeles», como había dicho Ana.

Con sorpresa vio que aquel hombre nada deseaba más que seguirla y sumarse a la ciudad de su mujer, él que no pertenecía a ninguna.

Así fue como días después un coche llevaba a la pareja de regreso al pueblo.

Saltando del taxi ella miró un S. Geraldo ¿ruidoso?, las personas se reían injuriosas. La disonancia de un engranaje.

E inesperadamente la lluvia cayendo sobre la ciudad ahora ya desconocida, humedeciéndola de cenizas y tristezas…

Ella de pie, con los paquetes en la mano, las gotas corriéndole por la cara. Pero de repente fustigada, corrió por las escaleras, tiró los paquetes sobre una silla, invadiendo su antiguo cuarto lleno de polvo, abriendo como un vendaval el balcón y mirando.

Los impermeables se movían por la calle del Mercado.

Y en el crepúsculo la mujer espió la colina del pasto.

La escarpa negra se levantaba como un puño sobre S. Geraldo. El reino sombrío de los equinos.

Así estuvo, derecha, inexpresiva. Ambos encarándose a través de la lluvia, cautos. ¡Ah!, exclamó la mujer entregándose jubilosa. Le pareció oír el casco de un caballo al paso.

Pero no pasó mucho tiempo hasta que comprendió que la colina le había respondido con un extremo esfuerzo.

Aprovechando su ausencia, S. Geraldo en cierta manera había progresado y ella ya no reconocía las cosas. Al llamarlas ya no le respondían, acostumbradas a ser llamadas por otro nombre.

Otras miradas que no eran la suya habían transformado el pueblo. Tampoco espiaba ya a los bibelots, estos a su espalda.

La presencia de la criada alteraba la estructura del primer piso, manos extrañas cogían el pájaro disecado. Mateus instalado como un rey en la silla tan simple de Ana.

Y ella aplazando el momento de pasear sola, olvidándolo.

—Cuando puedo, puedo; cuando no puedo, no puedo. ¡Este es mi lema! —dijo Mateus Correia una mañana.

Y así ella lo conoció cada vez más.

Se dejaba guiar por su marido como si fuese ella la extranjera en S. Geraldo. Salían juntos a pasear, él alto, con las caderas fuertes, los bigotes y aquel cuadrado en el que parecía caber, el aire a su alrededor casi palpable; y ella con los lazos de tela que obstinadamente usaba a pesar de ver con disgusto la sobriedad de la moda. El sombrero con velo, y aquella continua carrera para seguir su paso, la carrera con el velo. Solo cuando su marido murió del corazón ella comprendió aquella fuerza regulada y de precipitado lento, la calma total cuando se sentaba, si abandonaba su aire erguido. Pero a veces Mateus Correia estaba simbólicamente alegre, se frotaba las manos y, sin decir el motivo de su alegría, exclamaba:

—Lucrecita, ¡hoy vamos a hacer pastar bien!

«Pastar», había dicho él. Se volvió rápida ante aquella palabra que le recordaba sueños de sueños, el terror escapaba de las paredes y vivía tranquilo, ella feliz.

¿Era él quien había transformado S. Geraldo en una zona de restaurantes? Los dos iban juntos, ella casi saltando alrededor de él, que andaba detrás, serio, perfumado, mirando por detrás de ella a las mujeres, interesándose por las de mediana edad. ¿Era Mateus quien había transformado a los habitantes del pueblo en criaturas de mediana edad? A él no le molestaba que su esposa comprendiese sus miradas de codicia, pero no permitía más que eso, el resto era la enorme vida privada de un forastero.

Ella lo miraba a través de la mesa, acompañándolo hechizada. Oh, Dios, decía el viento de S. Geraldo; pero llegaba el segundo plato. Casi era bueno volver, el alivio entre los almendros, y un reconocimiento que ella no sabía a quién dirigir: miraba la colina del pasto. Pero, si forzaba sus sentimientos, todo se cerraba sin puertas, ella misma bloqueada por una súbita resistencia, lo que había terminado por darle un equilibrio permanente, un cierto orgullo de vivir, y una admiración tan generalizada, tan impenetrable que no tenía ni siquiera un segundo momento. Ella decía: ¡qué noche más bonita! Y su boca se maravillaba. Qué noche más bonita, Mateus, y la sombra bajaba cada vez más, amansando las cosas en la brisa.

Lo que antes se veía se había esparcido ahora invisible por S. Geraldo; el viento balanceaba las ramas en sombra. Y su compromiso se esparció por todo el mundo, oía noticias por la radio mientras se hacían negocios de joyas, y grandes fardos de algodón se amontonaban al mediodía; Mateus Correia llegaba para el almuerzo, ella respiraba la piel soleada del marido, ¿intentando adivinar qué pasaba? A su alrededor andaba el comienzo alegre de la primavera, las modas transformándose, las uñas creciendo y siendo cortadas. La civilización se erguía, las personas paseaban en las noches de verano, y ella mirando por el balcón.

Mirando con el rostro envejecido y excitado de fatiga, escrutando la llegada del marido que una noche de miércoles tardaba en llegar para la cena.

Estaba en el balcón de la sala y detrás la maquinaria de la casa funcionaba con alegría, la humareda se elevaba del fogón como una historia antigua. La calle del Mercado llena, sin embargo, de nuevas luces y de nuevos coches. Lucrécia esperaba a Mateus, sumergía la cara en la calle, ¡ay!, suspiraba en el primer piso; tranvías y coches sofocaban la exclamación. Innumerables bocinas suaves o desgarradas llenaban el aire de la casa de ruidos, casi luces.

Pero a través de las bocinas sofocadas se sentía el placer de las calles como fuentes de un jardín, el silbato del guardia entre los postes; algo mecánico sucedía en el mundo. Y, detrás, el par de medias se secaba en la silla. Ay, suspiraba con el rostro cubierto de polvos de arroz, el marido no llegaba, ¡ay!, decía la cara expuesta.

Y de repente un sonido desafinado, un tren descarrilando dentro del reloj de la torre, ¡uno! —cara de cal—, ¡dos! —el incendio de la casa—, ¡tres!, ¡eran las ocho y Mateus no venía! Sus ojos estaban secos pero las bocinas sollozaban y de la calle subía un olor a azúcar y vinagre.

¡Cómo se había transformado el pueblo! El sudor de la noche caliente pegaba las ropas al cuerpo, el perfume exaltado de harina se levantaba hasta la nariz, todo esperaba lluvia.

De hecho ya llovía. Al principio gotas espaciadas y después, poco a poco, pero ya inconmensurable, el mundo entero llovía; por más lejos que se mirase ahí estaba la lluvia, furiosa y constante, las calles bañadas se vaciaban. Las luces refrescadas, por los canalones las aguas se deslizaban con prisa.

Vista desde lo alto de una ventana la ciudad era un peligro.

Coches con conductores invisibles se deslizaban sobre el agua y de repente cambiaban de dirección, no se sabía por qué. S. Geraldo había perdido los motivos y ahora funcionaba solo. Los tranvías en los raíles ahogaban otros ruidos y ciertas cosas parecían moverse completamente silenciosas; un coche elegante apareció tranquilo y desapareció. En S. Geraldo había nacido una vida diaria que ningún forastero comprendería. Llovía y eran malos tiempos, estaban en plena crisis.

Pero había una gloria hasta entonces inalcanzada. Indivisible por los habitantes. Si había un asesinato, era S. Geraldo quien asesinaba. Nunca las cosas habían pertenecido tanto a las cosas. Un muelle había saltado para siempre y la ciudad era un crimen.

Esta ciudad es mía, miró la mujer. Cómo pesaba.

Pocos minutos después la lluvia cesó. Las calles mojadas olían fuerte, restos del pescado de la mañana eran arrastrados hacia las alcantarillas... La panadería ya había apagado las luces, las estrellas estaban limpias.

Se abrió la puerta y Mateus Correia entró empapado. Ella corrió y se escondió en los hombros del hombre y este, sorprendido, acarició el pelo de su compañera con las manos mojadas. Él había sido el elegido para su necesaria caída, y era él quien la salvaba; la mujer lloró de nervios, ¿empezaba a cansarla la resistencia de este mundo? Lloraba feliz, por un momento liberada del deber con el que había nacido, que le habían transmitido y que ella seguramente transmitirá también sin explicaciones, escondiéndose en su hombro contra la gloria de S. Geraldo incendiado. Y Mateus parecía saber mucho más de lo que mostraba, puesto que ni siquiera intentaba comprenderla; perfecto, perfecto, las manos mojadas sobre su pelo; ella sofocada de felicidad, sufriendo porque un día tendría que amar a otro, pues estaba dicho sin explicaciones que también ella una vez amaría con brutalidad, ¿tal vez para levantar esta ciudad con una piedra más? El marido bueno, incomprensible, ella llorando; no había cómo escapar, la mujer era feliz.

Mientras tanto Mateus seguía llevándola a todos los restaurantes nuevos.

Y a medida que se iban inaugurando restaurantes, más protegido quedaba S. Geraldo. La abundancia, la elegancia, el humo de puro y los platos calientes eran esa seguridad. Lucrécia sentía pena por Ana Rocha Neves, que vivía en la hacienda y nunca había vivido en ese lujo ni comido esas buenas carnes.

¡Ah, si Ana viese cómo progresaba S. Geraldo! Ya entonces Lucrécia intentaba disfrutar de esos cambios, con miedo de perder pie en la ciudad y no alcanzarla más. Comían en silencio. La esposa insinuante, halagándolo y adulando servilmente a las cosas: está bueno, ¿eh? Mateus Correia respondía ofendido: ¡claro, solo faltaría! Lo que la dejaba muda, sonrojada. Lo intentaba entonces de otra manera:

—Como que ya no nos gusta cenar fuera, ¿verdad?

—¡Eso tú, yo no! —respondió él, sarcástico, humillado. No gustar ¿destruiría el orden superior? El marido le daba incluso a entender que solo por ir él al restaurante todo era diferente, convenciéndola de tal manera que a Lucrécia le parecía que bastaba su presencia para que las cosas se camuflasen. Sufriendo, ella lo interrumpía: ¡mira una estrella fugaz!, decía aduladora, y era mentira, quién sabe por qué. De regreso, en la ciudad oscura, qué tempestuosa y caliente la felicidad.

En esa época de felicidad vivía llena de pequeñas arrugas que se formaban, siguiendo la moda de los figurines franceses, mezclada a esa época polvorienta que aspiraba con asfixia a la posteridad mientras se usaban formas útiles de pensamiento: «en teoría es excelente, pero en la práctica falla», se decía mucho, y a la luz de una farola pasaba el coche disparado.

Al día siguiente, al caer la tarde, por fin paró la llovizna de esas dos semanas.

La próspera ciudad brillaba. En las calles algunos hombres levantaron sus rostros indecisos: el cielo estaba claro, casi verde, casi neutro…, y bajo la agudeza de lo incoloro se levantaban los modestos tejados de S. Geraldo. Durante un momento especial, las últimas gotas de lluvia iluminadas, la ciudad parecía unánime. La gente miraba parpadeando, reconociendo la constancia de las cosas. Las caras asombradas, como si hubiesen sido avisados de que había llegado la hora de dar la espalda a la ciudad madura y de irse para siempre.

También se empleaba mucho la palabra «sociedad», en aquella época. «La sociedad exige todo y no da nada, ¿no le parece a usted?», se decía mucho.

—La sociedad lo exige todo y no da nada —dijo Mateus el sábado por la mañana, en medio de la conversación que ambos parecían buscar desde hacía tanto tiempo.

De hecho les gustaría enfrentarse por fin. Y cuando por casualidad empezaron a hablar de maridos que engañaban a sus esposas, los dos se agarraron, agradecidos, a la oportunidad. Ella se acomodó con la costura en el regazo.

—No es aceptable ningún crimen —dijo él—. Así funciona la sociedad —añadió con orgullo, los ojos húmedos de emoción porque él era muy bueno.

—Así es —dijo ella, atenta.

—Así está hecha la sociedad —repitió el hombre con precaución—. No es un crimen que un hombre sienta interés por las mujeres, pero es un crimen que una esposa se interese por otro hombre. —¡Qué lógica y sentido común tenía!, ambos se mantenían alrededor del punto neutro, ninguno quería arriesgarse antes que el otro.

—Bueno.

—Nunca he deshonrado el hogar por mí creado —dijo el marido, y ambos se miraron con recelo de que él se hubiese excedido. Mateus había usado alguna palabra equivocada. Un cierto cansancio se apoderó de ella, casi se deslizaba hacia una sinceridad que haría insoportable su conversación posterior. Miraba fijamente el mantel, alisaba una arruga.

—¡Nunca he deshonrado el hogar creado por mí! —repitió el hombre, de repente muy alto, como si cambiando el orden de las mismas palabras él mismo se sintiese mejor.

Qué insistencia, pensaba su esposa. Ah, si tuviese alguien a quien contárselo, qué sincera sería y cómo haría daño a aquel hombre que ella no conocía pero al que sabía cómo herir.

Deseaba que su marido parase, pero Mateus, ahora irreprimible, seguía explicando su carácter, sus principios morales y cuál era su manera de tratar a las mujeres aunque todo eso no lo revelase nunca. Ella se enrollaba el lóbulo de la oreja, soñadora.

—¡Lucrécia! —dijo su marido con una cierta angustia—. ¡No me estás escuchando!

—Sí, te escucho, decías que siempre eres delicado con las mujeres.

—Sí, siempre —repitió Mateus, decepcionado…

Se callaron. Ella miraba el suelo sin interés. Él, al contrario, excitado por la nobleza con que se había descrito, se miraba ávidamente las manos, inquieto y lleno de planes para el futuro. De hecho, él comprendía que hablar era su mejor manera de pensar y que era bueno ser escuchado por una mujer. Intentó reanudar la conversación pero Lucrécia huía con un aire que le pareció tranquilo y triste.

Mirándola Mateus quizás habría descubierto que en el fondo siempre la había temido. Nada era más peligroso que una mujer fría. Y Lucrécia era casta como un pez. Por primera vez le pareció notar en el rostro de su esposa un cierto abandono sin auxilio. Desvió la mirada con bondad.

—¿Y tú qué planes tienes? —preguntó para agradarle, olvidando que los suyos solo los había pensado.

—¿Cómo? —despertó ella—. ¿Qué planes? ¿Qué dices?

Él mismo se asustó sin saber por qué:

—Nada…, bueno, Lucrécia, planes, programas, bueno…

—¿Qué programas? —insistía su esposa con ironía—. ¿Qué quieres decir con eso? ¿Tienes algún plan para nosotros?

—¿Qué plan para nosotros?

—Pero, Mateus, ¿no hablabas de planes para nosotros?

—No, no era para nosotros… Es decir, sí, pero no sé qué te inventas, todo era para bien…

—¡Para bien!

—Sí, ¡para bien! ¿Por qué tendría que ser para mal? ¡Por Dios!

—Pero ¿quién ha hablado de mal? ¿Es que estamos mal? —dijo ella, estridente.

—No, no es eso… digo planes para ti…

—… ¿Crees que debo tener planes separados de los tuyos?

—No, por Dios, yo también tengo los míos, pero tú…

—… ¿Separados de los míos?

—¡Oh, Dios mío!

—¿Cuáles son los tuyos, Mateus?

Así atacado, él no sabría decir cuáles eran. Y miraba al frente, incomunicable, parado con obstinación en el camino.

—Son los míos —dijo con altivez y sufrimiento.

—Y ¿se pueden saber?

—Progresar —dijo al final Mateus Correia con esfuerzo y vergüenza.

Ella abrió la boca y lo miró con enorme asombro.

Pasado un momento toda la casa tomó su posición en la calle, y, vencida en el comedor, ella dijo:

—Sí, Mateus.

—¿No te parece? —se animó, y sin saber que su marido moriría del corazón, ella recelaba de su alegría—. Y no creas que son castillos en el aire, lo tengo todo escrito en la cabeza, eh. ¿Qué te parece, eh?

—¿Qué?

—Pues lo que te he dicho, ¡diablos, Lucrécia! —exclamó el luchador herido.

—Cómo puedo saber lo que has dicho —murmuró llena de cólera y desesperanza…

Fue la única vez que se enfrentaron.

La belleza de todo esto es que ella estaba tan perdida que parecía ir guiada. Rica y perdida; los cines se abrían, los espejos multiplicaban las señales. Él preguntando, ella respondiendo, y un cierto descontrol, ella no podía realmente contener ciertas frases.

—¡Voy a comprar un tejido de gasa para hacer una blusa bordada a punto de cruz!

Tenía que decírselo.

—¡Cuánto tiempo hace que no como plátanos! —Y casi sujetaba a Mateus por la solapa, él se apartaba molesto—. ¡Un surtido de joyas formidable, Mateus! ¡Mateus! Mis labios se están partiendo —informaba.

Hasta que un día ella dijo en medio de un salón lleno de visitas:

—Rigoletto es siempre Rigoletto —dijo.

Y se asustó. ¿Sería esa frase de otra época? Tanto que si hubiese jóvenes en el salón la mirarían curiosos. Lucrécia lo adivinó con miedo.

S. Geraldo ya no estaba en su aurora, ella había perdido su antigua importancia y su lugar inalienable en el pueblo. Incluso había planes para la construcción de un viaducto que uniría la colina con el centro de la ciudad… Los terrenos de la colina ya empezaban a venderse para futuras edificaciones; ¿adónde irían los caballos?

Asistiendo a la llegada de hombres y máquinas, los caballos cambiaban pacientes la posición de las patas. Apartaban las moscas llenas de sol con las colas.

En esa época Lucrécia Correia se sumó finalmente a lo que sucedía. Acabó por admitir que había soñado ese progreso y que le había dado su propia fuerza. Reconocía aquí y allí marcas de su construcción.

Volvió a empezar entonces los paseos y nació en ella una nueva dureza para con su marido. En esa época él había empezado ya a trabajar menos y a veces se quedaba horas en casa, aburrido. Y si ambos decidían no salir se cruzaban a cada momento por las habitaciones con irritación. Uno de ellos debería ser expulsado ahora que Lucrécia había recuperado su antiguo poder. En la mesa él tiraba bolitas de miga de pan que la mujer recibía con la cara seria, o estrujaba una hoja de periódico y le lanzaba la bola a la cabeza:

—Te voy a partir la tarantela en dos. —Él llamaba tarantela a la cabeza. Ella palidecía.

En la puerta de la casa se sentía más feliz, abría con un seco estallido la sombrilla, como un equilibrista sobre la cuerda.

¡Qué bien equipado estaba S. Geraldo! ¿Preparado para zarpar? Pero ¿hacia dónde zarparía aquello que, si fuese de piedra, sería su gloria?

Cuando volvía, encontraba a Mateus fumando irritado. Apenas la veía entrar apagaba el cigarrillo, rodeándolo, localizándolo y, con placer del pie, pisándolo de lleno, en el centro de su luz. Ambos miraban deslumbrados el cigarrillo rasgado. Ella abismándose, como si él acabase de matar un gallo.

Las relaciones entre las personas se crispaban cada vez más, e incluso Mateus, que no pertenecía al pueblo, se aburría, irritado. Se dirigía a la ventana y decía, como mandando quedarse a su mujer, porque la presencia en cierta manera victoriosa de Lucrécia lo sofocaba:

—Bueno. Voy a ver una estrella.

Lucrécia no era la única que no se sentía tocada por la tensión de la ciudad. Sobre todo cuando alguien se quejaba de la dificultad de coger un tranvía o de alquilar una casa, Lucrécia Correia bajaba los ojos intentando esconder que era ella la culpable.

Pero si iba al médico se volvía locuaz, se confundía con expresiones cada vez más precisas y difíciles:

—No es exactamente un dolor, es más como una impresión, doctor, y después ya no siento nada más, durante meses. No llega a ser desagradable, ¿sabe? Ah, y a veces también tengo escalofríos —añadía a tiempo, con altivez.

El médico la escuchaba fingiendo pensar. Con el rostro soñoliento seguía cada frase de aquella mujer. Oh, ella era especial e irritante. S. Geraldo estaba ahora lleno de mujeres especiales a las que les gustaba ir al médico. De hecho, Lucrécia se había puesto su mejor vestido. Y ahora esperaba, modesta, el veredicto. «Reposo, señora mía, mucho reposo». Salía soberbia, tranquila.

—Dame aquel bordado, Mateus —murmuraba escondiendo su fuerza.

Y aunque ella ocultaba sus garras, Mateus disminuía cada vez más.

No solo por su culpa. En medio de la confusión de la ciudad se reconocía a un forastero, no tenía dónde agarrarse, mientras que Lucrécia Neves formaba parte de la avalancha. La había preparado momento a momento. Después de llevar a su marido a vivir a la calle del Mercado se había vuelto progresivamente más cruel. A Mateus le dio por quedarse en casa todo el día espiando por la ventana los escaparates iluminados en los días de lluvia, contando los coches. Vivía buscando cosas rotas para arreglarlas y dormía después del almuerzo, en aquellas tardes sucias y llenas de viento. Mientras tanto ella se pavoneaba por las habitaciones arrastrando su *robe de chambre*. Se consideraba la criatura más inteligente del mundo e insistía en demostrárselo a Mateus. Este, con la voz más débil en un cuerpo cada vez más grande, la impacientaba, provocándole aquellas coces secas en la cola del batín. Ella lo miraba con grandes ojos admirados, reía ruidosamente, con frialdad:

—Mateusito —decía aplastándolo con curiosidad—. Mateusito-pierna-delgada —decía riendo y aprovechándose de la debilidad del forastero para expulsarlo.

Él se reía mucho porque ese era el tipo de bromas que había enseñado a su mujer cuando era el dueño de la casa; reía aprobador y los dos se miraban. Pero ella se sentía un poco a merced del hombre que acompañó su decadencia antes del renacimiento. Orgullosa, no quería testigos de la forma en que había intentado transformarse y de cómo había echado mano de los mismos sucios andamios que S. Geraldo utilizaba antes de aparecer con un nuevo edificio o con un alcantarillado más moderno. Cuanto más temía estar en sus manos, más intentaba agradarle. Adquiría un aire adulador y odioso que su marido aceptaba llenándose por un momento de su antigua virilidad. Ella le decía como si hablase de una tercera persona:

—¡Él no entiende nada de ropa! Vistan a su mujer de esparto y digan: ¡qué bonito!, y él repetirá: ¡qué bonito! —Ella se reía y su marido reía adulado, entonces ella reía más bajo: el muy estúpido.

Era preciso mantener la hilaridad para disimular la palabra, mientras a través de su propia risa él ya examinaba a su esposa, modesto e inquieto. Lucrécia, insatisfecha, arriesgándolo todo, repetía: el muy estúpido. Se miraban riendo tanto que las lágrimas aparecían en sus ojos, ella entrecortaba su risa con «ayes» estridentes.

Cuanto más se ampliaba S. Geraldo, mayor era su dificultad para hablar con claridad, de tan disimulada como se había vuelto. Mateus, ahora extremadamente curioso, le preguntaba: ¿cómo ha ido la visita? Ella se protegía inmediatamente: no lo sé, ¡más o menos!

—¿Es grande la casa? —insistía él, ávido, en zapatillas.

—Yo qué sé, normal… —se defendía mirándolo con intensidad para reconocer si sus preguntas iban a volverse apremiantes.

—Pero ¿cuántas habitaciones?

—¿Te crees que me fijé? Ni lo miré… Imagínate…

—Pero ¿solo una sala?

—Dos —decía al final, dulce y agotada.

Le parecía que ahora la única manera de describir S. Geraldo era perderse en sus calles.

Hasta que Mateus leía un fragmento del nuevo periódico. Ella escuchaba casi intimidada su tono heroico, un forastero podía cantar sobre esa gran ciudad que se formaba mientras que ella ya no sabía ni siquiera verla…

—«El público —leía Mateus— siguió interesado estas renovaciones necesarias y nuestra prensa no dejó de saludarlas, acentuando el alcance moral de tales acciones. ¿No es acaso dando valor a la herencia de nuestros antepasados, construida con el sudor de sus frentes, como se honra una ciudad?». —Se estremecía Mateus Correia. Ella quería interrumpir el tono de insoportable belleza con que el marido leía las alabanzas a la ciudad—. «Pero la Comisión de Urbanismo ha tenido últimamente la desgraciada idea de demoler el antiguo edificio de Correos y Telégrafos, idea que hace estremecer de indignación las piedras de nuestras calles. No es necesario decir que el pueblo de S. Geraldo espera explicaciones».

Poco a poco, mientras el hombre declamaba, Lucrécia Neves se engrandecía, enigmática, una estatua en cuyo pedestal, durante las fiestas de la ciudad, se depositan flores.

Entonces salía sola, gozando del movimiento de la ciudad con sufrimiento, prestando atención a todo: caminos llenos de polvo y de sol, la gente cruzándose. Su dificultad eliminaba el interés inmediato de las cosas; con esfuerzo ella iba a buscar lejos lo que existía, haciendo enormes e inútiles paseos de los que volvía exhausta. ¡Mateus!, gritaba irritada. ¡Mateus! ¡Ven aquí!, Mateus, ya ensordecido, ella esperando la respuesta, y la casa en penumbra, arreglada. ¡Mateus!, ordenaba y se iba quedando absorta, dominada por la inmovilidad de las salas, sumergida en una realidad que solo se podría sobrepasar con alas y de la cual ella solo podía arrancarse con brutalidad: ¡Mateus!

Poco después ese estado adquirió el aire de haber existido siempre, la casa en penumbra en aquella agradable época del invierno. Se cubrían las calles de asfalto antes de la llegada de las lluvias, se encendían las luces antes, las puertas se abrían y se cerraban, secas. Mateus preguntaba de una habitación a otra: ¿qué día es hoy? Y su propia voz respondía: martes.

Entonces se hizo aquella foto que más tarde tanto intrigaría a sus hijos.

En esa época estaba realmente en su apogeo.

Se sentó, controló bien los músculos del cuello, su vista se oscureció de emoción, el fotógrafo lanzó el grito: ¡Sonría!, el magnesio explotó en una luz. Listo, dijo el fotógrafo, y el rostro, los hombros y la cintura se desmoronaron.

Días después fue a buscar el resultado. Y ahí estaba aquella mujer, reconocible, dura. ¿El rostro decía algo? El pensamiento señalaba una cosa, el cuello tenso. Una foto como se hace en una gran ciudad, que S. Geraldo aún no era. Fue una premonición.

La colgó en el pasillo, junto a una postal con el dibujo del futuro viaducto. Le limpiaba el polvo cada día. A veces, dejando el bordado, corría y se plantaba ante ella. Ambas se miraban. Ella mirándola con estupor y orgullo: qué obra realizada. Se sentía más libre después de fotografiarse; le parecía que ahora podría ser lo que quisiese.

Pero cada vez más la fotografía se iba separando del modelo, y la mujer la buscaba como un ideal. El rostro en la pared, tan hinchado y digno, tenía en el sueño sofocante un destino, mientras que ella misma... Tal vez hubiese caído en la mecánica de las cosas y el retrato fuese la superficie inalcanzable, el orden superior de la soledad, su propia historia, que, desapercibida para Lucrécia Neves, el fotógrafo capturó para la posteridad.

10

El maíz en el campo

En uno de sus últimos viajes de negocios, en vez de dejar a su esposa en la calle del Mercado, Mateus alquiló la casita de la isla, esperando que el mar le diese color.

La barca se balanceaba venciendo las olas que una tempestad frustrada llenaba de cólera y de espuma.

Pálida por el mareo Lucrécia fruncía los ojos esforzándose por ver la tierra que se negaba. Pero, apenas desembarcada, ya un cierto placer nacía con los pasos que se hundían en la arena del muelle. Poco después llegaba al centro de la pequeña ciudad marítima, capitaneando la comitiva del mozo de cuerda y la criada. Antes de subir a la carreta vio incluso la placa del doctor Lucas, que representaba, para Mateus, la seguridad de la salud de Lucrécia, que estaba realmente muy delgada.

Al subir a la carreta fijó bien en su memoria la casa donde encontraría al médico si lo necesitaba. Con sorpresa su corazón, en vez de sentir solo confianza, se estremeció, despertando al recuerdo de una fuerza casi íntegra. Dio la orden de partir.

Los caballos la llevaban con sacudidas, frenazos y repentinos avances por el camino, pero después corrían irguiendo sus cabezas y la mujer deseaba que volasen. Abatida por algún deseo, se quitó el sombrero y dejó sus cabellos sueltos al viento. Lo que deseaba decir con ese gesto solo lo entendieron los árboles, y los caballos avanzaban entre ellos.

Allí estaba la casa de madera, en blanco y negro a causa de la humedad que oscurecía sus líneas. El follaje a su alrededor estaba quemado por el salitre que el viento arrastraba. Lucrécia olía el aire salado, aspiraba con cuidado todo aquello que le pareció de una realidad fría y ligera como un arroyo y que tanto le recordaba la silenciosa época anterior al progreso de S. Geraldo. Una casa ligera, construida sobre tierra arenosa; unos días después se dio cuenta de que también despertaba con la piel blanca y las pestañas negras, toda en claroscuro, de tanto como imitaba el nuevo paisaje. Un gorrión había atravesado la salita de una ventana a otra. Lucrécia Correia no se cansaba de recorrer la minúscula morada, cada vez más asombrada, todo se había vuelto tan fácil que dolía un poco.

Al primer pretexto, por un queso desaparecido, había discutido con la criada y la había despedido. Y al final —sola con su antigua preocupación de vivir— notaba cada crujido de la madera, vigilaba las rosas que crecían en el jardín, daba pequeñas carreras y gritos bruscos de reconocimiento. Durante la noche las rosas cortadas iluminaban vagamente la habitación y dejaban insomne a la mujer. Las olas golpeando en la playa distante querían transportarla pero el croar de los sapos la vigilaba de cerca. Por la mañana despertaba tan pálida como si hubiese cabalgado toda la noche; corría descalza y abría la puerta que daba al patio de arena. Nuevas rosas habían florecido.

El mar quedaba lejos pero las rosas se secarían con el viento salado que el atardecer traía.

Entonces se sentaba en la puerta de la casa con el chal de Ana sobre los hombros. Cuanto más se acercaba la noche más lejos parecía todo; quien partía había partido para siempre, las ramas temblaban, los árboles tenían las raíces negras y los claros arenosos se revelaban blancos. Era un lugar inmenso. Si pasase alguna cosa, esta repicaría como una campana. La mujer evitaba incluso la alegría, vacilando en aquellos pasos que reconocía solo a través del recelo. Recogía la silla, cerraba la casa y encendía la lámpara de sobremesa. Todo lo que había estado fuera estaba dentro.

Se dormía atenta, como si pudiese amanecer con la casa cercada por caballos. Y parecía la primera noche que se duerme después de enterrar a alguien. ¿Fue de esa pausa en la revolución de lo que Ana un día tuvo miedo? El tictac del despertador suspendía cada cosa en su propia superficie. Daba una soledad necesaria a cada objeto. El huevo en la mesa de la cocina era oval. El cuadrado de la ventana era cuadrado. Y por la mañana la forma de la mujer en la puerta era oscura en la luz.

Y los mosquitos. La casa de las rosas era levantada gloriosamente en el aire por mosquitos leves de piernas largas. Habían crecido más allá de su tamaño y, debilitados por ese exceso, era fácil tocarlos; cuando se dejaba un vaso de agua se ahogaban sin deteriorarse. Era una vida breve, sin reticencias. Parecían vivir una historia mucho mayor que las suyas. Y, tan inútiles y resplandecientes, hacían del mundo un orbe.

La araña ya había tejido varias telas en la ventana cuando la mujer tomó el camino que la llevaría al centro.

Casas recubiertas de azulejos estaban junto al agua y toda la ciudad se mostraba en fila para quien viniese del mar. Detrás de la primera fila las cosas amontonadas se degradaban de calor y esclavitud, las mujeres en las ventanas, mirando las escasas nubes o vigilando la plancha de madera que ligaba la tierra a los botes.

Por la noche el mar se oscurecía, la plancha palidecía y se lanzaban cohetes que estallaban sobre los tejados despertando a la gente. Hasta que el silencio de la noche volviese y se reconociera el tranquilizador movimiento del agua.

Era entonces cuando el faro iniciaba la ronda y con paciencia sacaba de intervalo en intervalo los objetos de las tinieblas. Por la mañana la marea había bajado, el día nacía fresco, ventoso. Pero poco a poco la isla se iba secando de nuevo y a las diez ya era una ciudad seca; la plancha ardía, sobre ella los viajantes espiaban ofuscados y en ayunas; las calles yacían resecas.

Todo esto lo vio Lucrécia, con un pie sobre el villorrio. Esta era su tierra propicia.

Donde hubiese una ciudad formándose, allí estaría ella para construirla: los cables eléctricos del bar se enrollaban en papel de seda rojo y la vieja lavaba de rodillas las escaleras. Café con leche, le dijo Lucrécia seria, con placer.

Y ya casi de noche, cansada de andar, vio que por fin el consultorio del doctor Lucas se abría y que de él salía un hombre de andar pesado. Le pareció bastante envejecido pero tan tranquilo como lo había conocido. La mujer atravesó deprisa la calzada y se puso frente a él riendo bajo.

En la penumbra no vio su sorpresa pero oyó su voz apagada murmurar su nombre y se quedó impresionada de ser todavía aquella a quien podían llamar Lucrécia Neves, de S. Geraldo.

Dieron un paseo por el parque de la ciudad como habían paseado por el del pueblo. El médico le señalaba los monumentos públicos… Y, de lejos, el sanatorio donde vivía ahora su mujer, lo que le había obligado a trasladar su consultorio a la isla.

Lucrécia caminaba a su lado, la pequeña ciudad se oscurecía soñolienta, al final las luces se encendieron. El médico llegó incluso a comprarle una bolsa de caramelos; Lucrécia miraba inquieta el cielo oscuro.

En la noche que el mar llenaba de sal le habló de Mateus, de la casa de la calle del Mercado, pero nada llegaba a su propio fin, la brisa traía y se llevaba las palabras y las farolas se deformaban en el agua.

El doctor Lucas, tranquilo como un hombre que realmente trabaja. Era en cierta manera humillante sentir que, fuerte y poco locuaz, él no se mostraba ni se escondía. Al médico Lucrécia no necesitaba hablarle sobre la blusa que pretendía bordar; ella siempre había imitado a sus hombres.

Tal vez la casa de las rosas fuese solo un inicio y esa noche conociese otro orden… Y ya quería tocar todo eso, de nuevo sentía la desconfianza del doctor Lucas sobre lo que él podría hacer, y ella intentaba adivinar espiándole, como si la noche que caía pudiese ayudarla con su oscuridad.

Cuando él la ayudó a ponerse la chaqueta, y mientras le pasaba el brazo por detrás de los hombros, por un instante Lucrécia Neves se inclinó hacia atrás… ¿Habría dado él más vida a sus brazos?, ¿habría comprendido?, ¿o ella lo imaginaba? En la indecisión la luz brumosa de una farola se encendió, el instante se doraba en la noche; la mujer respiraba de incertidumbre y de delicia observando severamente el coche que avanzaba sobre las piedras irregulares: las ruedas rechinaban y el doctor Lucas hablaba de lo que había hecho durante el día, ella lo interrumpía con la boca torcida:

—Doctor Lucas, doctor Lucas, ¡trabaja usted demasiado! —decía, aprovechando para tocarle la manga.

El médico, con los ojos cansados y vibrantes, se reía…

—¡Ah! —murmuró la mujer.

—¿Qué sucede…?

—Aquella estrella —dijo ella con lágrimas en los ojos, con una sinceridad que, en busca de expresión, la hacía mentir—. Es que me he vuelto y he visto la estrella —dijo bañada por la gracia de su mentira.

Esta vez el doctor la miró a través de la oscuridad.

Ella se ruborizó. Pero él la miraba también con comprensión y fuerza. Guiándola ya con una primera dureza por la calzada oscura y evitando tocarla.

Un momento más y no tocarse desequilibraría el paso de ambos; no tocarse casi los llevaba a un punto extremo. Todo se había vuelto precioso, como si Lucrécia Neves sujetase cosas muy pesadas con la mano izquierda; una rama baja casi le deshizo el moño, robándole una exclamación de arrebato un poco dolorosa.

—Ve usted —dijo él con claridad y fuerza—, en esta noche tan bonita tengo que trabajar. —A través de la oscuridad él la miraba, imponiéndole severamente una actitud más digna…

—… ¡Imposible! —gritó, rota; su pecho feliz se iluminaba sin hacer caso de la advertencia del hombre—. Es imposible trabajar tanto —añadió aturdida.

—¿Ve bien? —preguntaba el médico imperioso.

Quería hacerse responsable de lo que había provocado y parecía culpable. Ella obedecía con la boca entreabierta.

—Hemos llegado. —La puerta atascada se entreabría y el hombre sonrió—. ¿Le ha sentado bien el paseo? —preguntó en otro tono.

—Sí, doctor.

¿El médico estaba enfadado? Los sapos croaban con ronquera.

—No sé cómo agradecérselo, doctor… —decía con esfuerzo, con un ardor un poco fuera de situación, sus cabellos se movían al viento.

—Entonces no me lo agradezca —le respondió, brusco.

¡Oh, qué molesto estaba!

—Sí, doctor.

A través de la oscuridad vagamente iluminada por la proximidad del mar él la miraba, ahora curioso, casi divertido, por fin sonriendo:

—Bien, pues vaya a descansar, buenas noches.

Tendió más la mano pensando encontrar la de ella y sin querer le tocó el brazo; ella palideció: buenas noches, respondió, y el hombre se apartó pisando hojas.

Lucrécia Correia titubeaba en la puerta, sostenida a la altura en que estaba por los sapos desperdigados. Tosió, buscando abrigo en la chaqueta. Apartó una piedra con el pie.

Después entró en casa y encendió la luz. En el interior todo era leve, como recién barrido. La cama, la mesa, la lámpara.

Nada se podía tocar, las extremidades ligeras y dirigidas al viento. ¿Por qué no me acerco y toco? No podía, y bostezó aterida.

Después se cambió de ropa y se acostó. Una alegría mansa empezaba ya a circular por su sangre con el primer calor, los dientes se afilaban de nuevo y las uñas se endurecían, el corazón se evidenciaba en latidos duros y pequeños. Ella sucumbía a una extrema fatiga que ningún hombre amaría. Fatiga, remordimiento y horror, insomnio que el faro embrujaba en silencio.

No quería entrar en el camino del amor, sería una realidad demasiado sangrienta, los ratones… El faro la iluminó de pleno y reveló la cara ignorada de la lujuria. En la fosforescencia de la oscuridad volvía a ver los salones de baile inmovilizados en la luz y la gente horrorizada danzando quieta, la realidad autómata y el placer. La mujer retrocedió pálida, ¡ah!, decía sorprendida.

Pero poco a poco, con el faro iluminándola y oscureciéndola, empezó a desvariar imaginando una conversación en la que el doctor Lucas aparecía aún más severo, ella todavía más humilde, haciéndole, para ganar tiempo, mil preguntas que serían una danza a su alrededor, destinada a confundir la fuerza del hombre: ¿le gustan a usted las casas grandes?, ¿cree usted en mí?, si estuviera a punto de morir, ¿usted me salvaría?, ¿habla usted muchas lenguas? ¡Lo admiro tanto! Y mostraría deprisa sus cosas: esta es mi casa provisionalmente. ¡esta ciudad se parece tanto a S. Geraldo! Esta es mi ventana.

Tanta timidez no venía de la vergüenza, venía de la belleza, del miedo, ella devuelta a los grandes sapos.

Pero de repente humilde, dura, alisando la sábana para facilitar la visión; te doy mi vida y nada más. El doctor Lucas, sin hablar con Felipe mirando, sin embargo, a un desconocido a los ojos que la claridad de una farola llenaba: ¡Qué noche!, dijo ella al extraño, y las dos caras vacilaron; el carrusel iluminaba el aire en remolinos, las luces caían trémulas... Si sucediese algo extraordinario por fin en el barrio, eso irrumpiría en el ámbito del quiosco de música donde los niños se perdían y gritar sería un grito más. El atrio de la iglesia era frágil. Y crepitaba como las castañas en la hoguera. Soñolientas, obstinadas, las personas se empujaban a codazos hasta formar parte del círculo silencioso que se había formado en torno a las llamas.

Una vez junto al fuego, se paraban y espiaban acaloradas.

Las llamas destacaban los gestos, las enormes cabezas se movían mecánicas, suaves. Algunos componentes de la procesión de la tarde, todavía con los ajustados hábitos de seda, se mezclaban con los espectadores. Coronada de papel, una niña insomne sacudía sus tirabuzones; era sábado por la noche. Bajo el sombrero el rostro mal iluminado de Lucrécia tan pronto parecía delicado como monstruoso. Ella espiaba. La cara tenía una atención dulce, sin malicia, los ojos oscuros espiando las mutaciones del fuego, el sombrero con la flor.

Fue de nuevo arrastrada por Felipe, ambos seguían ahora una dirección desconocida a través de la gente, empujando, a tientas. Lucrécia sonreía con satisfacción. Su rostro quería avanzar pero su cuerpo casi no podía moverse porque la fiesta se había comprimido de repente, traspasada por una contracción inicial lejana. Intentó liberar al menos una de las manos y enderezarse el sombrero que, torcido hasta el ojo, daba a la cara alegre una expresión de desastre. Pero Felipe la sujetaba por el codo protegiéndola y riendo...

1

La colina del pasto

—Las once —dijo el teniente Felipe.

Apenas terminó de hablar cuando el reloj de la iglesia tocó la primera campanada, dorada, solemne. El pueblo pareció oír por un instante el espacio... el estandarte en la mano de un ángel se inmovilizó, estremeciéndose. Pero de repente los fuegos artificiales subieron y estallaron entre las campanadas. La multitud, espabilada del sueño rápido al que había sucumbido, se movió bruscamente y de nuevo reventaron los gritos en el carrusel.

Sobre las cabezas las linternas se empañaban haciendo temblar la visión; los bazares se arqueaban goteando. Cuando Felipe y Lucrécia alcanzaron la noria, la campana sacudió la noche llenando de emoción la fiesta religiosa; el movimiento de la multitud se volvió más ansioso y más libre. La población había acudido para celebrar el santo del barrio y, en la oscuridad, el atrio de la iglesia resplandecía. Mezclándose con la pólvora quemada la grosella hacía levantar los rostros con náusea y ofuscación. Las caras aparecían y desaparecían. Lucrécia se encontró tan cerca de una que esta le sonrió. Era difícil percibir que sonreía a alguien perdido en la sombra. También la joven fingió que se pudiese inventar la expresión que tendría en ese instante, gritaría: quiero menos que tu vida, ¡te quiero a ti! Ella respondería con dolor, con pudor: en el amor es indigno pedir tan poco, chico.

Pasado el momento más tenso de la noche quedó al final un velo de humedad, las olas golpeaban blandamente. La mujer cabeceó y el doctor Lucas susurró un poco ridículo con su cara sombría: Entonces usted no sabe ser libre. Y ella respondió: Ah, no sé, ¿eh?; y fue libre, tanto que se durmió.

Al día siguiente lo esperaba en la acera, frente al consultorio.

Cuando él la vio se paró con la llave en la mano, los labios apretados. Estaba enfadado.

Pero ella lo miraba paciente, modesta; la noche caía.

Sin hablar, Lucas cerró la puerta del consultorio y salieron juntos. Andaban por la pequeña ciudad sumergida en sombras. La mujer a veces caminaba delante, y el doctor Lucas se paraba. Ella entonces seguía fatigada por el parque, asegurándose con una rápida mirada de que él todavía la observaba; continuaba, tropezaba, se arrimaba con perdición a las águilas de piedra pasando los dedos por los relieves… Él miraba mudo mientras Lucrécia se mostraba, intentando hacerse entender de la única manera en que podía hablar: mostrándose con monótona perseverancia; él mirándola, cada vez más duro; ella insistiendo silenciosa, dando vueltas frente a él, trabajándolo con paciencia para formar su pareja en este mundo, mirando el cielo bajo.

Hasta que, ya fuera del centro, vieron una casa cerrada. La hiedra seca subía por las pilastras, las persianas cubiertas de polvo estaban cerradas. Cerca del balcón un cántaro roto. Lucas quiso continuar, pero ¿qué quería ella mostrar en la casa abandonada? La mujer no lo sabía y se obstinaba confiando en su propia ignorancia; el suelo de hojas secas sofocaba sus pasos. Llegó a empujar la verja de madera. Pero Lucas se había parado obstinadamente. No tenga miedo, decía ella con una mirada protectora, era solo una vivienda silenciosa. Había una grieta en el muro. ¿Sería este el horror de la casa?

Siguieron. Él pertenecía a su esposa mientras, sin desanimarse, Lucrécia Neves rondaba a su alrededor; y, cuanto más comprendía el hombre, más inescrutable se volvía. A veces la mujer sabía que él tenía deseos de expulsarla, tan harto estaba. Pero continuaba azuzándolo dulcemente, con una resignación tal que a veces le daba la impresión de que hacía años que caminaba en el polvo sin que una brisa aliviase el aire. Estaba muy cansada. Lentamente, al final se estableció entre ambos una relación corta y brusca de la cual no se sabría medir las posibilidades: Lucas cogía un cigarrillo, ella le quitaba con una suavidad insoportable el mechero de la mano; Lucas contenía un movimiento de rechazo; ella encendía la llamita, venciendo; él, vencido, estaba sin embargo cada vez más áspero; cuando ella le devolvía el mechero continuaban.

Una noche se quedaron de pie sobre el otero que tanto le recordaba a la colina del pasto hasta que la madrugada adquirió un tono agudo de vitral; él con el rostro sombrío.

Esta vez Lucas empezó a tener miedo. Cuando la luz del faro los recorría revelaba dos caras desconocidas. Lucrécia Neves desconocida, sí, pero en paz, concentrada en la última superficie. A veces una rápida contracción le recorría el rostro como si una mosca se hubiese posado en él. Entonces movía las patas, paciente. Él, desconocido, pero ya inquieto, mirando a su alrededor, ponía la mano en el tronco del castaño… Entonces Lucrécia puso la mano en el tronco del castaño. A través del árbol Lucrécia lo tocaba. El mundo indirecto.

Amándolo, volviendo a la necesidad de aquel gesto que señalaba las cosas y que, con el mismo único movimiento, creaba lo que en ellas había de desconocido, ella estaba al borde de ese gesto cuando tocaba el tronco que la mano de él tocaba, así como había mirado un objeto de la casa para alcanzar la ciudad: humilde, tocando lo que podía. Por primera vez ella lo intentaba a través de sí misma y de la sobrevaloración de aquella su pequeña parte de individualidad que hasta ahora no se había sobrepasado ni la había llevado al amor de sí misma. Pero ahora, con un último esfuerzo, intentaba la soledad. La soledad con un hombre: en un último esfuerzo ella lo amaba.

Después volvió por los senderos que amanecían. Nunca había visto de madrugada la casa de las rosas. A esa hora parecía quebradiza, poco íntima… y tan superficial. Cada rincón era visible.

Los días, además, eran maravillosos en esa época. Empezaba el otoño y en las ventanas brillaban telarañas. Las distancias se habían hecho mucho mayores aunque fáciles de recorrer. A la mujer le parecía incluso que vivía en la línea del horizonte. Desde allí veía cada pequeña cosa con sus luces, ese extraño mundo donde se podría tocar inútilmente todo. Los gallos cantaban en los patios de las casas. En cuanto a las mañanas, eran como para tirar lejos un zapato y que el perro corriera ladrando detrás. El tiempo era de caza.

De hecho perras inquietas avanzaban sin dueño entre los bambúes de la playa.

Mientras Lucas trabajaba Lucrécia paseaba mucho. El campo punteado por pequeños brillos, trazos negros, y la vaca... La vaca mirando la extensión con un ojo, y la extensión opuesta con el otro; de frente sería tan fácil, pero las vacas nunca han visto así. Lucrécia Neves Correia, las mariposas y la vaca. En una roca más grande vio las hormigas. Eran negras. Y más tarde la nube.

La cabeza de la mujer espiaba el campo. Había una cosa que el pensamiento no captaba y que un caballo vería; era este el nombre fácil de las cosas. Incluso las grutas eran verdes... no había oscuridad donde esconderse. Todo la expulsaba de la soledad, los zapotillos maduros.

Y por la mañana, al abrir la ventana, qué inhóspita era la claridad. Se quemaban pilas y pilas de madera y salía una humareda; las abejas. Cerca de la playa la piel de Lucrécia adquiría un tono verde a la luz de las olas. La mujer entonces estornudaba. No había otra manera de ser.

Hasta que una tarde decidió pasear por la zona descampada. Aquel silencio. Pero el miedo fue sustituido por la esperanza. Y ni siquiera su soledad pudo mantenerse porque... ¿Por qué el maíz ya estaba alto? Ella buscaba con los ojos lo que le impedía estar sola; más allá las espigas se estremecían pesadas, el maíz en el campo era su vida más interior. El campo se extendía silencioso; allí estaba la otra vida.

Pero mirando aquellas tierras donde el espíritu aún era libre —«¡qué!, ¿terrenos desaprovechados en esta época?»—, la mujer práctica pensó con obstinación: «Aquí. Aquí yo construiría una gran ciudad».

Realmente había espacio y, arrancando las hierbas y el maizal, el suelo estaría, por así decirlo, preparado. Entonces, en otra vida, con esfuerzo, ella hacía levantar las casas, entrecruzarse jadeando los puentes, funcionar fábricas fantasmales. ¿Una ciudad que se llamaría S. Geraldo?, volviendo a empezar con paciencia, sin abandonarla esta vez ni por un instante, con atención, hasta llegar al punto en que estaba el pueblo, para reconocer, bajo los cimientos, los verdaderos nombres de las cosas.

Pero en el crepúsculo el sol palidecía. Y sobre la ciudad imaginaria el viento empezó a soplar más fuerte y a arremolinar las espigas envolviéndolas en penumbra. ¿Va a llover?, pensó la mujer apresurándose a regresar, apenas tendría tiempo de encontrar al doctor Lucas, pero el viento corría más rápido que sus pasos, empujaba su falda hacia delante, desnudaba su nuca, cegándole el rostro con el pelo, a ella, a quien no le bastaba que el maíz creciese.

Esa noche, mirando a Lucas —tal vez porque de nuevo lo necesitaba—, imaginó que el hombre empezaba por fin a ceder. Solo por un segundo, ¿por qué en la oscuridad y en el viento no sería apasionada aquella cara de animal?

Pero ¿era pasión o hambre de piedad? Porque en la oscuridad ella lo veía como un animal. Era una cabeza de toro o de perro, la cabeza de un hombre. De un hombre que pastaba en el campo, que rumiaba hierbas, que mordía hojas altas a su paso y que de noche se paraba contra el viento —vacío, potente, rey de los animales—, la cabeza en la oscuridad.

¿Sería esta la demencia de la soledad?, rey de los animales. Aturdida, desearía volver la espalda e irse, preferiría la confusión prometedora de las palabras a esa desnudez sin belleza, a esa verdad de hospital y de guerra. Nunca se había visto tan acorralada contra la pared.

Desvió los ojos con disgusto: ni siquiera lo amaba, el viento susurraba en los árboles. Pero al momento siguiente, por cansancio, se sentía pesada y sin voluntad propia, oh, una mujer para aquel hombre. Fuerte, tosca, paciente, sin esperar recompensa; ella era de aquella cabeza resignada de animal, y de ese otro animal esperaría sin curiosidad la orden de seguir o de parar, arrastrándose sudada, resistiéndose como pudiera para levantar de noche la cabeza al lado de la cabeza del animal, ambos masticando en silencio en la oscuridad, ambos sobreviviendo como una oscura victoria.

Quizás fuese eso ser de Dios. Pues había sido dicho que el hombre ganaría el pan con el sudor de su frente y las mujeres parirían con dolor. Ni siquiera se diría que lo amaba, tan poca gloria había. De pie uno frente al otro, sin malicia, sin sexo, agarrándose a la sombría alegría de subsistir.

Aunque la extraña respuesta de esta mujer fuese: prefiero morir en la ciudad. Y no se la podía acusar por no agarrarse a la oportunidad de pertenecer a un hombre y no a las cosas. En realidad ella no había ofrecido nada, solo era una cabeza expresándose en la oscuridad. Ellos harían concreto cada pensamiento sobre un puente, cada idea sobre un ferrocarril. Uno esperaba, sin embargo, que el otro lo adivinase, el máximo de dar y aceptar, nunca había habido tanta necesidad de ser comprendido. No se exigía más que ese instante de supervivencia, así era, así sería.

La noche siguiente —ella esperando en la puerta del consultorio, ambos gastados por el insomnio— Lucas finalmente dijo que era imposible.

Lucrécia se asombró como si ignorase de qué se trataba y él viendo tanta falsa inocencia se encolerizó. La mujer empezó a llorar, al principio suavemente —parecía incluso sorprendida por su precipitación—, diciendo que había sido herida para siempre, que todo se había estropeado para siempre, aunque ambos apenas supiesen a qué «todo» se refería; que esperaba de él «una cosa enorme, doctor Lucas», y que él la había herido para siempre, repetía entre lágrimas y sílabas engullidas por los sollozos. El hombre la miraba con brutalidad, la veía llorar mezclando palabras; parecía pura y puritana. Él dijo severo como un médico: Cálmese. El llanto disminuyó inmediatamente. Ella se secó los ojos y se sonó.

Pero sin lágrimas era horrible verla. La boca tan pintada. Su rostro en la oscuridad era anónimo, repugnante, fantástico. El médico se calló ante esa verdad que había tomado, para espanto de sus ojos, la forma de una cara. Quiso preguntarle cómo la había herido pero eso había perdido importancia; cuando vio su rostro sin disfraz supo que la había herido de un modo u otro. También percibía que la mujer no se quejaba de ningún hecho sino de él mismo, y esto era tan vago como grave y acusador; él había sido tocado.

Lucrécia ahora se mantenía ausente en la sombra, él no podía verla ni supo a quién se dirigía cuando dijo en un tono vacío y seco:

—No sé de qué tengo culpa pero pido perdón. —La luz del faro los reveló tan rápidamente que no se pudieron ver—. Pido perdón por no ser una «estrella» o «el mar» —dijo irónico—. O por no ser algo que se da —dijo ruborizándose—. Pido perdón por no saber darme ni a mí mismo. Hasta ahora solo me habían pedido bondad, pero nunca que yo... Para darme de ese modo perdería mi vida si fuese necesario, pero pido otra vez perdón, Lucrécia, no sé perder mi vida.

Había sido su discurso más largo hasta entonces y el más lleno de vergüenza. Había hablado con dificultad y ahora se replegaba a la oscuridad. Comprendía, más que ella, que Lucrécia deseaba tal vez solo un gesto, ¿pedía un sentimiento y nada más? Tuvo miedo de que eso fuese tan poco. Miedo al lado de ese ser débil que no se moría, porque él era tan mezquino que, en cuanto se acabara su fuerza, moriría. Se miró las manos en la sombra. La sensibilidad estaba solo en la red de las venas. ¿Qué es lo que ella me pide?, se preguntaba mirándose las manos, que eran su fuerza, ¿qué me pide?, y su austeridad era tan insoportable como el aire de la noche era libre. Se desabrochó el collarín, movió el cuello hacia el cielo. La frescura soplaba entre los árboles, él se había acostumbrado a entender solo las palabras; ahora lo que no tenía palabras se comprendía con manos cuadradas y con pasos que no se interrumpirían aunque el corazón fuese tocado, tal era su impotencia.

Así, caminando por los senderos de vuelta al centro, no era en Lucrécia en quien pensaba. Tampoco sentía la humedad de la noche; caminaba serio, sin futuro.

Y Lucrécia también... Pero no, bajo la futilidad ella trabajaba sin tiempo, como en la guerra. Él no tenía pena de sí mismo ni de Lucrécia. Estaba tranquilo, fuerte. Porque era un hombre —si se quisiese resumir así, cortando sus noches desconocidas y su trabajo—, era un hombre lento, sincero, y no tenía piedad de sí mismo. Eso además nunca lo había ayudado. Facilitaría pensar que era débil; pero no, era fuerte. Eso no impedía que Lucrécia lo hubiese confundido, llevándolo ahora a preguntarse dónde estaba su propia culpa, que se había hecho tan grande que ya no tenía castigo.

¿Vida individual?, lo peligroso es que cada persona trabaja con siglos.

Algunas generaciones anteriores a él ya habían sido expulsadas de una colonia y entregadas a la soledad; y, si el hombre había cortado el amor propio que esta le podría dar, es porque su conciencia, y más que su conciencia un recuerdo, aún lo hacía esconder al menos la alegría de ser solo. Ahora, sin embargo, ya no se trataba de protegerse. Se trataba de perderse hasta llegar a lo mínimo de sí mismo, un punto latente que Lucrécia Neves casi había despertado y por fin ya no necesitaría ser anónimo para ocultar su orgullo; por fin, quién sabe, ya no necesitaría ser tan buen médico, porque en ese mínimo de sí mismo ya estaría todo él... qué peligro. El médico tosió disimulando. Los que vendrían quizás lo atacarían con una nueva manera de reír... Todo lo que él se decía sucedería, el hombre se estremeció sin piedad de sí mismo. Las ranas croaban, se secó la boca con el pañuelo.

Qué concluir de Lucrécia, qué concluir de su mujer que bordaba en el sanatorio y pedía hilo rojo y levantaba la cabeza con esperanza cuando su marido llegaba. ¿Y de Lucrécia?, algún ínfimo acento parecía ser el único destino de Lucrécia, la vehemencia su única fuerza. Aún antes de la muerte formaba parte de las almas alborotadas que incluso un hombre duro respira en el aire de las noches.

Y la de Lucrécia, ¿era la verdadera vida dada?, la que se pierde, las olas que se yerguen furiosas sobre las rocas, el perfume mortal de las flores, y ahí estaba el dulce mal, las rocas ahora sumergidas por las olas, y en la inocencia de Lucrécia estaba el «mal», ella esperando desde lejos al viento de la colina, esperando, dulce, vertiginosa, con su impuro hálito de rosas, su cuello que se podía quebrar con una mano, esperando a través de los siglos, decrépita y niña, que él atendiese por fin a la llamada de las olas sobre las rocas y, escalando la escarpa más alta de la noche, lanzara el alarido, el largo relincho con que respondería a la belleza y a la perdición de este mundo: ¿quién no había visto en las noches sin viento lo crueles y asesinas que eran las flores de plata?

Parado en el camino, la mirada del hombre retrocedía resabiada y él mismo se movía con extrema precaución entre las ramas, encorvado, preparado para saltar. Quería responder, no solo a Lucrécia que lo llamaba; velozmente la había adelantado, y si hablase habría logrado por fin responder a una persiana que golpea en el silencio de una calle, a un espejo que refleja, a todo eso que hasta hoy dejamos sin respuesta.

Un soplo de brisa casi lo despertó. Lucas se sorprendió mirándose las grandes manos que se movían ante su rostro aturdido, las manos ingenuas que habían producido la metamorfosis. Las miraba con cierto horror, reducido a lo que le bastaba de sí mismo, y podría gritar de victoria y de dolor porque era el primer vértigo de un hombre.

Y ¿él ya no tendría vergüenza de los milagros? Cesaría la constante amenaza de que hasta el perfume diga «aquello», y que la forma de una mano lo repita... Por fin, por fin herido, mortalmente herido, qué paz.

Había esperado toda su vida el momento en que estaría al fin perdido. Qué podredumbre en las hojas húmedas.

Se paró otra vez. El faro recorría el cielo oscuro. La sonrisa inmovilizada de Lucrécia pasaba en las nubes... Dios mío, murmuró sombrío. Su cabeza obstinada necesitaba pensar en Dios para volver a pensar. Las luciérnagas parpadeaban irónicas encendiéndose donde él menos lo esperaba, rodeándolo como pequeños diablos.

Pero él no volvió. Continuó, duro, conquistador, encaminándose a la ciudad que era el abrigo de su fuerza. Cuanto más se aproximaba a las luces más vencía Lucrécia. Porque este hombre, que se secaba los labios con el pañuelo, era de piedra, mientras que Lucrécia Neves no duraría mucho, Lucas lo sabía: sería sustituida muchas veces, pero él era lo que permanece. Tan fútil, tan pobre y obstinada. En realidad cinco mil vidas no bastarían para que en ella llegase a la perfección la primera idea verdadera. Sin embargo ella ya había empezado el trabajo de las cinco mil vidas.

Al día siguiente el médico apenas trabajó, esperando el momento de ver si la mujer todavía lo esperaba delante del consultorio o si había desaparecido. Pero, con súbito horror y súbita alegría, la encontró. De pie, modesta, sonriendo con su paciencia de animal.

Volvieron a empezar las sonámbulas caminatas. Y cuando ya tarde en la noche se pararon en la colina, ella dijo:

—Felizmente todo es imposible. —Y comenzó a escarbar el suelo con la punta del zapato—. Porque creo que haré daño a quien ame —añadió suave y sin orgullo, y esas palabras presuntuosas, tan diferentes de su modo confuso de hablar, habían atravesado un largo camino hasta llegar a ese momento.

—Qué me importa el daño que pudieses hacerme —dijo él irritado.

Ella paró inmediatamente de dar pequeñas coces en la tierra.

Aturdida, casi retrocediendo, se preguntaba cómo era posible que él la amase sin conocerla, olvidando que ella misma solo conocía de ese hombre el amor que ella le daba.

Poco después pensaba velozmente, buscando cómo mostrarle lo mejor de sí misma, contarle su vida. Con sorpresa no encontraba nada, revolvía en vano las falsas perlas que parecían haber sido sus únicas joyas. En la urgencia del momento se acordó de aquellas noches en la sala de estar... Y aunque raramente pensase en ellas, y apenas tuviera conciencia de su sentido, le surgieron como ¿la única realidad de su vida? Con los ojos abiertos de asombro y de atención atacaba la memoria de esas noches que parecían haberse perdido en su sangre; olvidar era su manera de guardar para siempre. En su apuro Lucrécia se preguntaba si tendría que contarlas, ¿qué importaba la forma que habían tomado sus días?, también él, también todos parecían construirse alrededor de algo olvidado... Al haberle revelado el gesto una inteligencia tardía ella pensó que podría describirlo. Pero una vez pasado el instante de clarividencia, el faro recorría ahora otros campos y la dejaba en la oscuridad; de nuevo ella no podría conocer la verdad más que reviviendo incluso los momentos inútiles. Oh, y ni siquiera sabría usar las palabras necesarias.

O tal vez él había entendido. Porque el médico había hablado de S. Geraldo en un tono que en algún momento parecía haberle robado, y a veces decía una palabra que él solo podría haber pronunciado si conociese lo que ella conocía... Pero si todo eso había sucedido sin que de hecho Lucas conociese el mundo en el que ella había vivido y las palabras que él había pronunciado, iguales a las suyas, perteneciesen a su propio mundo…, entonces ¿cuántos interminables conjuntos se podrían formar indefinidamente con lo que estaba «allí»?, aunque tanto uno como otro, por motivos diferentes, hubiesen cortado severamente la libertad.

Ya resignada, escarbando de nuevo la tierra, le pareció también sin importancia hablar. Porque en la colina, junto a él, su amor tranquilo parecía indicar todas las cosas con el gesto. Desde que lo amaba había encontrado, simplemente, la señal de fatalidad que tanto había buscado, ese algo insustituible que apenas se adivinaba en las cosas, lo insustituible de la muerte: como el gesto, el amor reducía hasta encontrar lo irremediable, con el amor se señalaba el mundo. Ella estaba perdida.

—Sigamos siendo amigos —dijo el hombre que tampoco sabía hablar y que necesitaba ser perdonado por eso.

—¿Amigos? —murmuró la mujer con un suave asombro—, pero si nunca hemos sido amigos —respiró con placer—, somos enemigos, amor mío, para siempre.

El médico sufría con la inflexibilidad de la mujer. Dos generaciones anteriores se habían perdido en una cortesía muerta; dolía dejar que la sangre se abriese camino por las venas secas; él sufría tanto como podía.

Pero Lucrécia parecía tranquila. El médico la miró: ella era dulce y cruel. Sus caninos aparecían en una sonrisa inocente y arrebatada. Y al hombre le pareció ver por primera vez el rostro de la voluptuosidad y de la paciencia. Cómo podía ser tan mala, pensó con repugnancia. Está loca, se asustó, estremeciéndose ante la alegría de la mujer: había tenido pues el valor de perderse hasta ese punto. Un día Lucrécia había dicho que, mirando la nuca de alguien, sentía a veces rabia.

El hombre frunció las cejas ante ese recuerdo, uniéndolo ahora a la visión de aquellos dientes agudos y felices... ¿De qué pasado perverso había emergido? Verla en su perdición infantil lo hizo respirar con delicia, con una ciega libertad. Y era tan rica esa libertad que su exceso fue bondad; él la envolvió con la mirada, un ala que cubriese su desnudez, como tantas veces había cubierto el cuerpo impúdico de un muerto. Ella ni se daba cuenta. Pero, anónimo como los ángeles de la guarda, él protegía la alegría de aquella mujer.

Esa noche Lucrécia no quiso ser acompañada y se quedó sola en la colina.

Estaba oscuro pero las constelaciones temblaban húmedas. De pie, como si fuera el único punto desde donde se pudiese tener esa visión, Lucrécia miraba la oscuridad de la tierra y del cielo. Ese movimiento infinitamente esférico, armonioso y grande: el mundo era redondo. Monja o asesina, descubría por un momento la desnudez de su espíritu. Desnuda, cubierta de culpa como de perdón, y desde ahí el mundo se convertía en el umbral de un salto. El mundo era el orbe.

Se acariciaba la oreja con el hombro, lavándose. A veces espiaba de reojo la oscuridad. El cuerpo tan miserable. Tan altivo. Y todo tan perecedero. Los árboles plantados alrededor. El viento bajo. Era insoportable. Y justamente ella soportaba todo eso. ¿Por qué justamente?, cada persona que veía era justamente la que veía. Cuántos privilegios.

El rostro de la mujer parecía arañado por las garras de un pájaro, sería esa su expresión de amor. Había llegado un momento en que no tenía la menor libertad para actuar. Contradictoriamente, en ese instante en el que había actuado sin elección se había vuelto responsable. Le pareció incluso, con imparcialidad y justicia, que solo había pecado cuando se hacía imposible no pecar, y esto no la hacía sentir pusilánime. Estaba tan impasible como si fuese ella quien hubiese arañado para siempre su propio rostro con las garras de un águila. Batiendo antes de huir el ala oscura en su cara, con esa hilaridad que las cosas contienen antes de brillar...

Entonces era eso el amor por las personas, reconoció. También ese amor era claro e inexplicable. Pero bueno, pan, vino y bondad. Sí, sí, ella estaba bastante perdida. Siempre le había parecido que antes de nada era necesario perderse. Sabía que, intentando a través de la sala de estar mirar las cosas que existen, no había tenido el valor de dejarse guiar por los objetos; había caído, sí, pero había tenido miedo y se había agarrado donde había podido. Si hubiese caído hasta el final, ¿sabría que el final de la caída era estar bajo el cielo estrellado?, y era ver que el mundo es redondo, y que el vacío es lo pleno, y que el maíz que crece es el espíritu.

El silbato de la barca nocturna vino del mar, solo un poco más doliente que el de una locomotora. La mujer se inclinó sobre sí misma y así se quedó, riendo aturdida, antigua, en una actitud casi reconocible. ¿Ella misma reconociendo por fin la tierra?, marcándola con su casco breve como breve lugar de vida y muerte. Esto era lo máximo a lo que la imaginación podía aspirar.

La noche siguiente era Lucas quien la esperaba, y Lucrécia se dirigió a él lentamente, sonriendo.

Lucas ya no tuvo más miedo de su rostro. Y, en ese momento en que se miraron desnudos, vieron sin sorpresa que en la desnudez él era un rey y ella una reina. Poco después la oscuridad punteada de luces los envolvía, los dos caminaban. Cerca de un sauce, por milésima vez, por primera vez, el médico dijo: ¿Por qué no nos conocimos antes?, aunque se habían conocido antes. Pasando por el matorral y dándole un puntapié, por primera vez, por milésima vez, aspirando a un rito, ella quiso morir con él. Ah, morir de amor, dijo mala, apoyándose en el águila de piedra. Mirándola, así fue como Lucas la vio y después la recordaría: humilde, protegida por las águilas de piedra.

Y ahora estaban tranquilos mirando las sierras.

Todo lo que era imposible había tomado la forma final de las montañas a lo lejos y una delicadeza de curvas. Mientras Lucas miraba la línea ya apagada del horizonte, Lucrécia lo examinó con tanta dulzura que se perdía de sí misma. Buscaba en ese rostro, donde una perfección singular sobrepasaba la imperfección evidente; buscaba un punto por donde invadirlo y esto le hacía tanto mal y tanto bien como si buscase en sí misma la última resistencia. La primera luz del faro lo reveló por momentos, pero cegaba las delicadezas del rostro. Solo en la oscuridad ella las veía.

Cada rasgo presentaba por separado una impersonalidad juzgadora. En ninguno de ellos Lucrécia Neves encontró el amor que ella le daba. Poco a poco ya no sabría lo que buscaba, proseguía presa solo por el vértigo de un rostro.

Entre la boca y la nariz —no en ese espacio sino en una posibilidad de movimiento egoísta y sin culpa que allí se presentía, en ese trozo que no tenía ni siquiera un nombre— descubrió por dónde lo amaba y por dónde Lucas podría ser herido. Imaginó cuánta sangre brotaría de aquel punto si el hombre fuese alcanzado a través de él. Y vio, con un sobresalto de dolor y de arrebato, que una criatura solo era vulnerable en su belleza. Ella misma herida por el cincel.

El amor imposible la atravesaba con alegría, ella que era de un hombre como había sido de las cosas, herida en el tronco de su especie, en pie, jubilosa, entera… Sintiendo a flor de piel gruesas venas de caballo. Y Lucas, volviéndose para mirarla, viéndola de pie, aislada en su gracia ecuestre. Ellos se tocaron por fin.

Por la mañana Lucrécia Correia cerró la casa y atravesó la pasarela sobre el barro. Pájaros en vuelo rápido rozaban el agua. El olor dulzón de la barca sucia en el mar. Y tantas personas iluminadas, sentadas con paquetes. El viento le arremolinaba el pelo, la tierra lejos de la vista. Entonces un viejo escupió en el suelo y allí estaba la luz brillando en el suelo. Todos miraban, vacíos de claridad. Lucrécia no podía abrir los ojos sin que el día los alcanzase en el lago ciego. Sentada en la proa con los paquetes en el regazo.

11

Los primeros desertores

Perseu se protegía de la lluvia en la sala de la estación, posando la maleta en el banco. Se había cortado el pelo el día anterior. En el rostro ahora más desnudo las orejas parecían separadas de la cabeza; los pómulos, un poco demacrados, le daban un aire de debilidad obstinada y, a pesar de eso, de tranquilidad.

Su aspecto se había transformado bastante desde la época en la que paseaba con Lucrécia. Estaba mucho más delgado, menos guapo. Ahora había en él un modo de tener dulzura que ya no era dulce; con el impermeable suelto sobre el cuerpo parecía un extranjero que entrase en una ciudad.

Llovía mucho. La lluvia en los raíles aún desiertos tenía un sentido reservado del que él parecía formar parte.

Como había tiempo puso la radio que poco después sonaba captando el temporal lejano; se oía sin embargo un hilo de música a través de las crepitaciones de la electricidad. Perseu escuchaba de pie, sin sueños y sin lo que se llamaría entender. La frase musical, muy noble, le era tan visible como la radio. Capturaba el esfuerzo de la música con el mismo esfuerzo agradable y obtenía placer de esta vaga rivalidad. Cuando le preguntaban si le gustaba la música, decía sonriendo con gracia que sí que le gustaba, pero que no la entendía, le daba casi lo mismo oír llamar a la puerta que oír música.

La radio crepitaba. Perseu escuchaba con fuerza pacífica, acariciando el montón de papeles de la mesita. Si viviese en su época se sentiría tentado de pensar que la música lo hacía sufrir. Pero este muchacho insignificante no había tenido verdaderas influencias ni dejaba marcas. Tal vez estuviese perdiéndose su época, y tanta libertad lo dejase mucho más acá de lo que serían sus posibilidades si lo obligasen. Pero él parecía siempre arreglarse en silencio. Si no entendía las notas oscuras, las acompañaba con una pequeña parte enigmática suya que se complacía con la nitidez del misterio. Cuando la música paró, apagó la radio. Las gotas caían del canalón y el barreño que el jefe de estación había dejado fuera se llenaba de agua.

Perseu se quedó descansando de pie. Estaba cansado y tranquilo. Cerca de la boca dos ligeras marcas anunciaban las arrugas de hombre. Como no era particularmente de su época, que lo haría sufrir, ni poseía una cultura en la que escoger sentimientos, estaba de pie, acariciando el pisapapeles de vidrio, con las dos arrugas formándose: intacto, pensativo, un poco fatigado. Sin ser padre, ya no era hijo. Se encontraba en un punto luminoso y neutro. Y esta realidad él no la transmitiría a nadie. A ninguna mujer, sobre todo. Como jamás daría su armonía o la forma de su cuerpo. Podría apaciguar a una mujer; pero su paz extraña no la comunicaría.

La campana de la estación anunciaba la partida. Perseu entró en el vagón, colocó su maleta bajo el banco. Cuando el tren partió se agitó feliz mirando a los lados.

Poco después salían de la zona urbana y entraban en el campo. Seguía lloviendo, la tierra empapada parecía triste con los árboles tan oscuros. Dentro del ruido adormilado de las ruedas y del viento lluvioso, el vagón proseguía tranquilo en ese atardecer. Perseu se había tomado dos copas de vino de Oporto para no resfriarse, porque seguía siendo minucioso respecto a su salud y al ejercicio. Con el alcohol en el corazón se sentía un poco demasiado bien, casi inquieto. Aplicaba su malestar a cosas concretas: miraba cada objeto del vagón prestándole una sombría alegría.

En el vagón cada persona tenía una cara, extremadamente visible a la luz transmutada de la tarde. La cara era como el nombre, pensó con placer y desasosiego. Su pensamiento era solo el ritmo de las ruedas. Perseu tenía solo la forma de un pensamiento extraordinario, no ese pensamiento, y eso lo exaltaba: la cara es una cosa, el cuerpo es otra, el vino en el cuerpo es otra. Aunque él se sintiese completo con su impermeable en un tren.

Empezó por mirar a una chica vulgar, de rasgos grandes. «Parece una flor», pensó agitado. Tenía los ojos redondos, vacíos porque estaba sola. No se podría decir si alegres, pensativos o atentos, ojos solo físicos, y alguien podría dudar de que pudiesen ver. Sin embargo los párpados de escasas pestañas se movían y comían el aire con delicadeza. De repente a Perseu le empezaron a gustar con obstinación y placer. Se posaban sobre una nariz grande que respiraba con esfuerzo, la chica estaba resfriada y entreabría los labios gruesos. Toda la cara era exterior, una flor para ser tomada. Le asaltó el deseo. El tipo de cabeza pesada que se cogería con las dos manos y se miraría con inútil sinceridad, pensando poco después en otra cosa, solo con aquel objeto fatigante en las manos, porque sería imposible concentrarse en aquel rostro de corola. Se puso a imaginar lo difícil que sería conocerla, porque ella mentiría; en cuanto la tocasen se cerraría en mentiras y sueños, se pondría «interesante», diría que tenía muchos pretendientes, la familia muy bien, ella gracias a Dios llena de salud, e incluso que era virgen. Perseu murmuró de satisfacción al ver hasta qué punto había llegado su experimento y al imaginarse fingiendo creer, besándola mientras ella mentía, lo que resultaría muy indecente y muy tierno.

Mientras tanto ella parecía haber presentido al joven, parecía pensar más rápidamente y, casi sin transformar la cara inmaculada, se había vuelto interesante. Perseu desvió la mirada.

Le parecía impúdico llamar la atención pero era lo que siempre le sucedía. Su tranquila insignificancia hacía que las personas levantaran los ojos y lo miraran con curiosidad, de la que extrañamente participaba con algo de insolencia. Esto lo perturbaba. Pero la mayor parte de las veces lo percibían casi sin conciencia, como se mira el día. De hecho la pareja silenciosa lo miró rápidamente, sin tiempo, como si él fuese el único pasajero. La mujer colorada tenía un mentón sensible y los ojos pequeños. El hombre era flaco, desorientado, con la barba rapada y negra, los ojos verdes, las manos grisáceas y bien formadas.

—Los bueyes.

El tren corría templado bajo la lluvia.

—Alfredo, los bueyes —dijo la mujer con voz ronca.

Perseu se fijó en un rincón polvoriento del suelo y después en la maleta de una señora de negro; con la boca llena de saliva, reventada la vena más gruesa del corazón, tenía su primer sentimiento doloroso de pasión y de piedad.

Las personas —pensó avergonzado. En los campos las vacas mojadas eran cálidas, lentas—. Gente —dijo. Una sensibilidad se estaba haciendo hombre en él. Y esta sería su vida más interior.

Por el hecho de ser un hombre quiso mirar el mundo y vio los campos bajo la lluvia, las escaleras gastadas de una casa. Las personas eran cálidas en el tren, la humareda reconfortante. Lo miraba todo con inocencia, fuerza y dominio.

La señora de negro fumaba examinándolo con los ojos pintados. A Perseu no le gustaban las mujeres a las que no se les escapaba nada. Pero sintió cierta calurosa promesa en el pecho al ver a una mujer perfumada y sabia observándolo. Aunque lo intimidase aquella mirada directa. Y ¿atrevida?

Pero no.

En ese momento la mujer de negro pensaba exhalando humo: he ahí un hombre. Lo que la sorprendía. Pero era tarde para ella. He aquí de repente un hombre, adivinó y, apagando el cigarrillo, dirigió su descubrimiento, con desafío —cada vez mayor a través de la distancia—, con desafío y misericordia a una persona que durante la pequeña separación no sabría qué hacer consigo misma.

Perseu, sin embargo, ya no la miraba, interesado ahora en escrutar la oscuridad a través de la ventana. Ninguna mujer recibiría ese calor de su alma que él tal vez un día diese a un amigo. Había olvidado a la mujer y espiaba la noche por la ventana, inestable, grande, silencioso en el impermeable. Pero no era solo una fuerza ciega. Ser un hombre lo guiaba a través del misterio.

Se sentó con la señora de negro en el bar de la estación. Ella pidió un licor, sacó un cigarrillo. No, gracias, no fumaba. Ante esa respuesta ella pareció aún más irónica, a pesar de envolverlo en una amplia mirada que lo molestó. No le gustaban las mujeres con los ojos tan grandes. Cuando salieron del tren ella le pidió que la ayudase a llevar su maleta hasta el restaurante. Sorprendido, Perseu la siguió, colocó la maleta al lado de una mesa y se inclinó un poco rígido como despedida. Pero la mujer, sin dejar de mirarlo, con tranquilidad, lo invitó a beber algo antes de seguir hacia la ciudad.

La salita estaba mal iluminada por lámparas de pantalla sobre las tres únicas mesas. El rápido interés de Perseu por la mujer se había apagado, solo le quedaba la impaciencia por tomar su propio rumbo.

Ser así raptado le recordaba vagamente a alguien. Y, mirando a aquella criatura, el joven sintió con inquietud que la misma raza lo perseguía. Se preguntó si Lucrécia Neves no tendría actualmente el rostro de esa mujer. En realidad la débil luz del bar le cansaba la vista. Y en la inmunda claridad, la criatura cada vez más desconocida frente a él hacía oscilar un rostro fantástico. El carácter acomodado de Perseu no lo dejaba confesarse que la mujer solo lo importunaba, aquellos ojos enormes, aquella humareda constante y la determinación con que lo había capturado… Vieja y cínica, pensó sin cólera, con cierta simpatía. Ella fumaba y bebía, y ya no lo miraba mucho. Una vaga idea de caballerosidad le impedía pedir permiso para irse; esperaba que la mujer decidiera levantarse.

Pero ella parecía tener tiempo. A pesar de no soltarlo a veces lo olvidaba, se inclinaba sobre la mesa, sujetaba la copa con una mano, la acariciaba con la otra espiando el líquido con una meditación un poco ardiente. La lluvia había aumentado y hacía temblar la plancha de madera de fuera. Perseu intentaba conversar pero ella no lo animaba. Soportaba el aburrimiento de la situación solo porque en esta situación poco común otros verían una aventura; examinaba entonces a su compañera, intentaba adivinar de qué especie sería.

A pesar de ser amable con todas, las dividía en mujeres que sirven y mujeres que no sirven. Lo que eliminaba la posibilidad de una aventura es que ella era mucho mayor que él.

Sin embargo la mujer sabría de dónde venía la incomodidad del muchacho y también cómo disiparla; su comprensión se perfeccionaba hasta la impudicia. Pero en realidad no se preocupaba por lo que podría pensar el joven delgado. Lo que la preocupaba no sabría decirlo. Solo sabía que, con ferocidad, se agarraba a ese momento, y ya era la cuarta copa que se bebía para retener al joven. Mientras tanto la posibilidad de hilaridad se hizo insoportable cuando el joven preguntó:

—¿Está usted casada?

Estaba rígida, y se decía: yo podría ser su madre. Aunque eso no era cierto, lo había pensado para herirse. Sería capaz de gritar si él se levantase, era todo lo que sabía.

¿Qué deseaba en realidad de ese bello muchacho? Él se aburría claramente… Pero eso no la interrumpiría; las cosas corrían ahora tan velozmente que la dejaban seria, encarnizada, sus manos se crispaban sobre el mantel. Si quisiese abrir el juego y poner las cartas sobre la mesa no tendría cartas; a tal punto había llegado.

He aquí de repente un hombre, pensaba. Los hombres siempre le habían parecido demasiado bellos. Eso era lo que había sentido cuando, hacía siglos, en casa de sus padres, con su vestido de baile, parecía un árbol joven con pocas hojas. El recuerdo se había vuelto después terriblemente irónico.

Y no sabía por qué los débiles se habían convertido en su presa. Entonces, cuando encontraba un hombre débil e inteligente, sobre todo débil porque era inteligente, lo devoraba cruelmente, no lo dejaba equilibrarse, hacía que la necesitase siempre; eso es lo que hacía, absorbiéndolos, detestándolos, apoyándolos, una madre irónica. Su poder se había vuelto grande. Cuando una persona vencida se acercaba ella la comprendía, comprendía; cómo me comprendes, dijo Afonso. Siempre fue necesario que un objeto fuese defectuoso para que ella pudiese apoderarse de él a través del defecto. Así compraba más barato.

¿Qué deseaba ahora de ese muchacho? Un poco excitada por la bebida se decía: aquí estoy, por fin ridícula. También era raro. No quiero comprenderlo, se repetía aterida, envejecida. Porque un instante más y lo comprendería tanto que debilitaría a esa maravillosa persona que estaba frente a ella, que —oh maravilla— no necesitaba a nadie.

Oh, hasta que lo entendiese durante un minuto. Y él, ya nunca más inexpugnable, necesitase de ella. El mismo muchacho de los primeros bailes, el mismo ángel que la invitaba a bailar y que desaparecía para ser ingeniero... Era también su propia madre que ella, la hija, solo pudo tener después de conocer sus pecados, aumentando su gravedad para poder amar mejor.

Del mismo modo solo podría llamar a esa perfección distraída frente a ella destruyéndola a través de la comprensión.

Pero ¿era distraído? ¿O era ella quien no estaba allí? Ya había notado en el tren que el muchacho parecía ajeno a los pasajeros. Tal vez solo porque estaba presente y era real. Eran los otros los que se habían apartado y lo veían de lejos. Lo había adivinado cuando se dijo sorprendida: he aquí un hombre.

Este no quería ni necesitaba huir: iba, y a donde fuese iría consigo mismo. También ella había conocido ya esa época. Pero ¿qué había quedado de la riqueza simple de su primer vestido de baile? Qué había quedado de su inteligencia indefinida y sin profesión que se «maravillaba» —la palabra que había hecho suya, cambiando siempre de sentido: «maravilla», dicha por tantas voces suyas, una aguda, en lo alto de un acontecimiento: «maravilla», otra plena, cava, trémula: «maravilla», otra abajo, rápida como un arroyo: «maravilla»—. ¿Qué quedaría de la audacia de ser débil? No había osado serlo. ¿Y del espejo donde se había mirado por un segundo?, la fruta roída por un gusano, la «maravilla» con la larva oscura en el corazón.

Sonrió rápidamente al muchacho, el tiempo urgía, no había ni un minuto que perder. El chico le sonrió a su vez. Sin poder dejar de notarlo, descubrió en esa respuesta una cierta inmoralidad artificial y obligada: por amabilidad él daba lo que el rostro de una mujer cansada parecía pedir. Pero ella saltó también por encima de eso —no podía ahora ser frenada por un obstáculo—, saltó por encima, continuaba corriendo en busca de la fruta entera, el oro de la fruta en el árbol, el vestido de baile, los grandes ojos en el espejo, aquel principio de comprensión que era solo el mundo a su alrededor y que se había convertido después en el arma, su imagen antes de ponerse la capa sobre los hombros y salir —la fruta de oro en el espejo—: ¡maravilla! ¡Ella también fue incomprensible en otro tiempo, remota! Nunca he visto unos ojos tan grandes, dijo en la luz un muchacho de negro.

Sobresaltados, Perseu y la mujer oyeron el ruido sordo de un aeroplano sobre la estación. Las alas roncas oscurecieron aún más la salita llenándola de un lujo sombrío. El avión se apartó y la ciudad latía en silencio.

De nuevo el aire de la sala despertó parpadeando en las lámparas; el palillero sobre el mantel. Todo aquello era sórdido, se decía Perseu, defendiéndose.

Es «maravilloso», decía la mujer. Las transformaciones del bar eran las mutaciones monótonas de un insomnio, la vigilia de la señora de negro se alargaba en la sombra, las pestañas batían soñolientas sobre la negra luminosidad de los ojos. La fruta oscilaba plena. Como en un juego de niños en el jardín debería cogerla con la boca, sin manos —además ella nunca había tenido manos—, y por no tener manos recordaba a Perseu aquel cuerpo mutilado que había sido el de Lucrécia. Tendría que agarrarla con su propia perturbación, con la oscuridad que era aún su única fuerza, la oscuridad llena de abejas de miel. Pero antes sería necesario desistir para siempre, antes despojarse del arma —ser solo la mancha oscura en el espejo—, y allí estaría la fruta. Antes, negar lo que había sido su conquista hasta obtener la atención universal y soñadora de un perro y he aquí, he aquí la fruta entera. ¿Acaso no se había visto así en el espejo?

Después había pasado mucho tiempo, ella había aprendido un modo de hablar en voz alta con los niños, diciendo frases humorísticas para los adultos de alrededor; los niños no las entendían. Pero eran completas. Remotas como el muchacho.

Si la señora de negro veía un perro —un verdadero perro—, todavía hoy sabía dominarlo, lo que probaba que la «maravilla» oscilaba. Sabía como nadie transformar un perro solitario en un perro feliz que se echaba a su lado guiñando los ojos. Y entonces, teniéndolo a sus pies —jamás, jamás comprensible—, el aposento se hacía grande, silencioso; y no era el perro, era ella quien vigilaba la casa. Tal era su grandeza, tal era su miseria.

El muchacho de enfrente era un perro grande, delgado, solitario. No poder ser él, qué injusticia. Con el mismo centro de sombría pureza. Con el alma que tienen los perros: de casa, de escalones, de piedra de patio; con esa mirada sobre el mundo que tiene un perro acostado. La señora de negro pensó en las arrugas, no había un instante en que no se acentuasen, no había un minuto que perder; ella continuaba corriendo, saltaba arroyos, presentía la dirección del viento, saltaba en la oscuridad en busca del momento en que en el bosque diría: maravilla.

El palillero polvoriento sobre el mantel. Perseu se defendía del fantasma de Lucrécia, y de esa mujer que, venida sin duda de una gran ciudad, repetía el misterio de las malas mujeres. El rostro del muchacho se había cubierto de sombras, sus ojos brillaban con una profundidad distante y tranquila.

Lo que era tranquilo era aún más distante, lo perfecto se hacía aún más lejano; para la joven en la noche del baile todo era imposible. Qué bello es, pensó. He aquí de repente una persona. Se había vuelto tan maternal que era horrible. Veía las manos del joven, la conmovedora limpieza de sus uñas, la corbata oscura. Nunca, decía el rostro gentil del muchacho. Nunca, replicaba el cuello, sujetando la cabeza dura y perfecta. Era un poco terrible. No solo para ella decía él «nunca», decía «nunca» mucho más serio en la frente sin arrugas, en aquella boca delicada.

Pero ella no tenía miedo. Era «no olvidar después» lo que la asustaba, no soportaría sobrevivir. Y ya se apaciguaba, que el muchacho pasase sin destruir su manera de encender el cigarrillo, su voz intensa, todo eso era su paz. No quería que él le hiciese perder la manera de tratar a aquel que había quedado lejos y abandonado después de partir el tren, ni perder la tranquilidad de abrirle las cartas; todo eso era una construcción. La paz de tomar el tren sabiendo con calma que en la otra ciudad estaría esperándola la habitación de un hotel y un balcón por donde mirar antes de dormir; ella era la dueña de este desierto donde en el balcón fumaba un cigarrillo. No tenía vergüenza de no desear una vida nueva; era muy peligrosa una vida nueva, quién de vosotros la soportaría. La señora de negro apagó el cigarrillo.

Durante ese intervalo al ser perfecto se le había dormido la pierna e intentaba discretamente despertarla. Era bueno que no necesitase explicar dónde había estado todo ese tiempo. Porque ¿dónde estaba realmente? No había espacio debajo de la mesa para estirar la pierna, y el entumecimiento daba una expresión obstinada a su rostro. Imaginaba, como en un sueño imposible, levantarse, desdoblar las alas y sacudirse hasta recuperar la virilidad adormecida.

Viendo a aquella mujer que fumaba y bebía, el muchacho tuvo ganas en su sonambulismo de aproximarla por fin a él, o de tocarla con la rodilla bajo la mesa; era un deseo un poco cruel y soñador del que desistiría fácilmente. Con una mujer de esas le parecía que era necesario sobre todo saber hablar, decir cosas interesantes. Nunca se sabría si ella esperaba de él una frase sobre la vida, sobre la vana fugacidad de las cosas de este mundo. Así era como, en su simpleza, había imaginado a Lucrécia Neves, y quería aplicar el experimento a su nueva compañera.

Observó, sin acusarse, que no era uno de esos hombres brillantes, capaces de agradar a una mujer diciéndole lo que ella desea oír. Pensó detenidamente que, a pesar de no vivir pensando «en cosas sexuales», tenía que ser grosero porque al lado de una mujer cerraría las discusiones y la abrazaría con fuerza. Le desagradaban las amistades femeninas, la idea le hacía sonreír intimidado, como la de entrar en un servicio de señoras.

Y ahora, porque la había mirado un instante y porque sus miradas se habían cruzado, hacía años que los dos esperaban.

En medio del cansancio de ambos hubo un momento de impaciencia, casi de cólera, en que la sala se hizo más oscura y más intensa como si un tren fuese a partir; airados los dos se concentraron en el palillero, en la lámpara, en todo lo que era pequeño y perdido, tan refinados que irritarían a un espectador. Incluso ahora, sin perder el hábito de calmar a las personas, él le sonrió.

Esto la asustó: ¿el muchacho intentaba despedirse? ¡Todavía no!, pensó y si hablase estaría ronca. La bebida y la lluvia y la sombría excitación y la maravilla frente a ella y ella avara… Él también bebía, resignado a perder algunos minutos más junto a aquella vieja, caballeroso, horriblemente amable como los otros, sí, sí, vamos a bailar… Ella se apresuraba, fumaba su colilla casi quemándose las uñas…

—… ¿Cómo se llama?

—Perseu —dijo admirado, despertando.

—¡Perseu! —repitió ella con una sorpresa cercana a la risa. Qué tonto, con un nombre así. Adivinó sonriendo que él venía de algún pueblo donde esos nombres solemnes eran comunes. Perseu.

Y tal vez por lo absurdo del nombre, por la noción del tiempo que pasaba, por la belleza del nombre, se sintió muy cansada. La salita vacía, un tren pasaba por la estación, las maletas. Todo se oscureció, la escena se trasladó al sueño. Todo se había oscurecido, íntimo, dentro de la bebida. Y en la sombra el corazón suave de la mujer, sin dolor, con un amor fatigado. Soy tuya, pensó mintiendo, un poco mareada. La lámpara débil se equilibraba en la estación, era bueno vivir, pero ella necesitaba vomitar. Todo pesaba. Las gotas de lluvia caían. El muchacho inamovible… ¿Le estaba guiñando un ojo? Ella se lo guiñó también. Por fin en el centro de este mundo pequeño, en este desorden consolador de la vida, con náuseas, los ojos negros llenos de oro. Qué maravilla.

Duró solo un instante, vívido, y era amenazador; íntimo y amenazador. He aquí, he aquí la «verdad». Era así como en la edad madura había que llamar a la «maravilla».

Se levantó, desapareció por una puerta. Perseu, aterrorizado, la oyó vomitar. Poco después volvía secándose la boca, los ojos aún más grandes y sonriendo encantada con modestia. Un tren se acercó haciendo temblar la sala.

La mujer sonreía por dentro con un cierto malestar. Creo que ya puedo soltarlo, pensó. Al principio se había sujetado con las uñas rotas a cada minuto. Pero ahora estaba relajada como después de una operación y quería quedarse sola con sus ataduras.

Examinó otra vez al muchacho que ella, con tanto esfuerzo, había conservado entero; lo miró y balanceó la cabeza como una vieja. Le gustaría juntar dos sillas, acurrucarse y dormir. Se sentía aún agradecida a algo y la voz, cuando tosió, le salió ronca. Tan agradecida al joven que le había permitido, tal vez un poco demasiado tarde —entre un tren y un hotel, sin ni siquiera abandonar la maleta—, que le había permitido solo admirarlo; a ella, que siempre exigía que las personas hubiesen sufrido, si no ¿por dónde empezar a roerlas? Y, sobre todo, por dónde perdonarlas.

Sin querer ahora nada del muchacho, solo apreciándolo con benevolencia y distracción; sin pretender robarle nada; soñolienta, luchando contra las lágrimas que precedieron a un bostezo, pensando con mecánica satisfacción en mimar a «aquel otro» que estaba en la ciudad lejana esperando nervioso un telegrama, aquel de quien estaría separada una semana, lo que era tanto, lo que era tan poco.

—Perseu —dijo educadamente, aprovechando con inteligencia humorística lo que había de ridículo y de encantador en el nombre—. Perseu, ahora tengo que irme, y tú también.

El muchacho despertó, sonrió adormilado. Un instante más y la luz oscura de la sala les permitiría andar a saltos lentos: en un momento se dormirían de bruces sobre la mesa, con el sonido de la lluvia. Despertando, él empezó a buscar en su bolsillo. Ella sacó sin prisa el dinero de su bolso y lo posó sobre el mantel. Perseu intentó protestar pero, como ella no le dijo nada, se conformó. A ambos les parecía natural que la mujer pagase. Al final era ella quien había comprado. Es lo mínimo que me puede pasar, pensó soñolienta, sin ironía.

Perseu puso la maleta en un taxi, ella entró. Sentada, ya acomodada, dudó un poco y acabó por ofrecerse a acompañarlo; él lo rechazó ceremonioso, ella suspiró ligeramente aliviada. Cuando el joven cerró la puerta, sin embargo, la mujer sintió algún remordimiento viéndolo de pie bajo la luz de la farola, en la lluvia, alto, con el impermeable, simpático. Muy simpático, pensó. Tan fácil encontrar en él el punto de comprensión, con ese pelo corto… Algún remordimiento y una camaradería más franca, y también sorpresa, porque bajo la farola, amable, delgado, estaba el mismo ser perfecto que ella había puesto a salvo, la maravilla. Un cierto deber también, sobre todo costumbre; no costaba comprenderlo ligeramente, darle un poco, no demasiado. Acercó la cabeza a la ventanilla, sonrió con dominio, con un aire medio profesional que le borraba momentáneamente la edad del rostro:

—Eres estudiante…

—No, médico —dijo, poniéndose a la altura de la ventanilla, y mirándola con desconfianza.

—Eso me pareció… —Él también sonrió, con la atención despierta. Parecía de repente amiga y eso le disminuía su peligro como mujer. Él sonrió más y sin comprender sujetaba la manecilla de la puerta retrasando la partida del coche. La enemiga del bar había desaparecido.

—¿Estás trabajando, Perseu?

—Sí, voy a entrar en el hospital de aquí.

—Ah, entonces eres médico de hospital. —Los dos se miraron. Ella en una situación social, él al acecho—. Mira, Perseu, estoy segura de que serás un buen médico. —Él la miró desconfiado—. Uno de esos a los que la gente llama incluso cuando está sana, solo para tener la seguridad de que están vivos. —Sonrió ingeniosa.

Sí, era lo que pretendía, respondió inclinándose, sonriendo.

Quién sabe si ella… Pero no. Sí, ¿quién sabe?… Después de todo, ¿qué podría hacer ella? Tonterías. Pero ya no era una desconocida. Y aquel mismo aire que se podría encontrar en un amigo esperado sin impaciencia… La señora de negro daba la dirección al chófer, y decía desde el fondo del coche, donde Perseu ya no veía su rostro inteligente y perturbador, y ya con la misma voz del bar:

—Gracias por todo.

El coche arrancó. Él se quedó aún de pie en la acera.

Como la lluvia arreciaba se colocó mejor la capa y finalmente atravesó las losas desiertas. Sería un buen médico, ella lo había dicho con tanta seguridad… «Es porque hay cosas que enseguida se ven», pensó alegre.

¿Serían las palabras de la mujer lo que le daba una esperanza un poco irrespirable? Y también malestar. Sentía que ciertas cosas, aunque sean buenas, no se deben tocar nunca, ni siquiera con el pensamiento. Nunca hablaba de la seguridad ya un poco ansiada de convertirse en un buen médico. Al darle la esperanza de ser un buen médico, la mujer no le había permitido nada más… Sin embargo, si él mismo hablase diría que este era su deseo. Pero simplemente no hablaba, esa era la diferencia. Un poco de amargura. Cansado; el ser perfecto había sido tocado por un momento.

Creo que se habla demasiado, pensó obstinado.

Pero su fuerza era mayor que la de una palabra dicha por una mujer perturbada. Poco después, andando por las calles mojadas, recuperaba el vago derecho nacido en el tren y que, incluso siendo nebuloso, era suficiente; readquiría la paz de un hombre anterior a los accidentes, no dividía su esperanza, y sobre todo no hablaba; se habla demasiado. Se levantó las solapas buscando el número de las casas en la débil iluminación.

Ni la inocencia de Lucrécia Neves, ni la malicia de la mujer de negro, ninguno de esos ávidos seres femeninos que se difuminaban en la realidad conseguiría tocarlo, porque él era la realidad: un hombre joven callado metido en un impermeable. Así lo habían visto desde una ventana, la mano curiosa apartaba la cortina; y él no pasaba de ser eso. Evitando los charcos. Por encima de todo era libre: no pedía pruebas.

Iba mirando los edificios bajo la lluvia, de nuevo impersonal y omnisciente, ciego en la ciudad ciega; pero un animal conoce su bosque y, aunque se pierda, perderse también es un camino.

12

Fin de la construcción: el viaducto

En sus últimos días de vida Mateus Correia parecía abatido ante la gravedad de lo que le sucedía e incluso humillado, como si no mereciese tanto. Cuanto más se acercaba la hora cierta más sonreía modestamente a su esposa, con una infelicidad que hasta entonces no había tenido realmente oportunidad de manifestarse. Aunque el minuto antes de morir pudiese, por su urgencia, haber durado tanto que le hubiera dado tiempo a haber sido absolutamente feliz, como un cristal.

Su cara parecía orgullosa. Qué haría un alma tan inexperta sin la solución que había sido el cuerpo. Lucrécia lloraba espantada.

Y ahora, sola, se quedaba de noche escuchando el silencio de la calle del Mercado.

Algo continuaba trabajando sin ruido, ella en la proa del navío, abajo las máquinas funcionando casi sin ruido. Por un momento volvía a ver a Mateus. Y como una bofetada, ¡tal vez él ni siquiera había sido ancho de caderas!, había sido solo pálido, con bigote.

Morir del corazón explicaba aquella gran calma y elegir tantos platos: bien, voy a ver una estrella. Mateus se había ido a ver una estrella, y esto la hacía volver a empezar a llorar.

¿Por qué no lo había visto de la manera más bonita? Había sido bueno como todo hombre que acaba muriendo, y ella lo había amado. Solo que no había comprendido a tiempo que mandar limpiar las cañerías del fregadero o almorzar con todo el peso del cuerpo era su forma de alegría. ¿Qué había pretendido de él?, se acusaba la viuda. ¿Que aplicase su alegría a las flores como la Asociación? No, cuando él la había abrazado y ella había sido buena con él, Mateus decía: si el fregadero se estropea de nuevo, esta vez lo paga el fontanero. Incluso su muerte había intentado destruir ella. Intentó consolarlo, la única manera de reducir el acontecimiento a lo reconocible: al menos no mueres en casa extraña. Pero esto el hombre no lo permitió; sin hablar la miró sonriendo con vergüenza: tonta, como si morir no fuese siempre en casa extraña. Oh, si pudiese volver a verlo le daría su mejor mirada, ni siquiera eso, le daría lo que su marido había esperado de ella, su vida humilde y no sus deseos. La viuda sollozaba arrepentida.

Olvidándolo cada vez más.

A decir verdad solo se acordaba de Mateus objetivamente cuando recordaba sus accesos de tos, casi silenciosos de tanta violencia sin escape; él tosía haciendo temblar la casa en silencio. O cuando su marido aparecía en sus sueños. Sonriendo, bueno como había sido la raíz de su vida. Oh, ella no había comprendido que cada persona era el máximo y que no era necesario buscar otra. Así intentaba pensar para que Mateus la oyera, y en el sueño él la oía. Como siempre, sin entender muy bien.

Entonces escribió a Ana: «Mi querida madre, Mateus ha fallecido. ¡Solo otra mujer puede comprender la desesperación de una viuda! Sin embargo creo que...».

Mientras escribía se apoyaba cada vez más en las conjunciones, en los diversos «pero» y «pues», dándose tiempo. Porque bastaba con que la obligaran a expresarse para que la muy testaruda enmudeciese, y casi debería crear un sentimiento que decir. Levantó la cabeza mordiendo la punta del lápiz; el sol desaparecía rojo y caliente, cada objeto se mantenía dentro de un hilo de oro. Y en la puerta la llave, tan iluminada como el horizonte. Lucrécia se apartaba el pelo de la frente fatigada. Sobre el tocador los perfumes temblaban en los frascos: «Solo otra mujer puede comprenderlo», acabó.

Enseguida la casa se iluminó, se abrieron las ventanas, y todo, lavado por las lágrimas, corría bien, la salud ahora era estable.

En las calles, entonces, las personas se movían en la luz dispersa sin esfuerzo; lo que era mortal había sido alcanzado, y el resto era eterno, sin peligro. Nuevamente la vida de Lucrécia Neves se abría con cierta majestad, las puertas golpeaban, esa claridad del aire que no tiene nombre, la casa llena otra vez de seguridad material; así eran sus claros días de viuda, el bibelot tocaba la flauta.

Cuando salía se asombraba con el avance del progreso en S. Geraldo, se asustaba con el tráfico como una gallina escapada del corral. Las calles ya no olían a establo sino a arma de fuego disparada: acero y pólvora.

¡Y cómo estallaban los neumáticos! Se habían abierto innumerables oficinas con máquinas de escribir, instalaciones con archivadores de hierro y plumas estilográficas. Copias y copias se hacían en los mimeógrafos y se firmaban. Los archivadores reventaban, llenos del registro inmediato de lo que pasaba. Los hombres de la Limpieza Municipal barrían superficialmente las aceras, escondiendo los restos en las alcantarillas que por la tarde centelleaban bajo los últimos rayos del sol con su polvo y brillo, como tesoros.

También la viuda se había transformado. Actualmente su rostro era delgado y de expresiones medidas. Si antes había luchado contra la tendencia a mantener las comisuras de los labios bajas, ahora se abandonaba, y ese gesto le dio una manera aún más impersonal de encarar las cosas. Cuando fue al dentista y se puso dos dientes de oro tuvo finalmente su primer aspecto de extranjera.

Notó también que abriendo mucho los ojos parecía más joven. Por eso abría los ojos como en un asombro continuo, lo que acentuó su aspecto de forastera de visita. Si no obtenía juventud al menos alcanzaba alguna belleza formal, de manera que pudiesen mirarla como a un objeto; les parecería bonita. Pero si la viesen como a alguien capaz de hablar… De cualquier manera nadie tenía tiempo para verla.

Eso no la interrumpía, tomaba el té con los ojos asombrados sobre la taza, preparada para ser fotografiada. De repente, hecha la foto, se movía, cogiendo con las puntas de los dedos una galleta. Qué tarde perfecta, pensó Lucrécia Neves Correia mirando desde la nueva confitería de la calle del Mercado, ahora Avenida Silva Torres.

Después se dirigía al jardín con su lectura bajo el brazo: el folleto «Cáncer Espiritual». Apenas bajaba los escalones del parque un torbellino aparecía ante sus ojos, ¡cuánta hierba arrancada!, cuánta hierba naciendo, cuánto orden; nuevos niños a cuyos padres no conocía, y qué sol, qué dificultad de subir, tan fácil encontrar cosas perdidas en el suelo, en los despojos del antiguo S. Geraldo. Encontró un santo de papel con una oración. Es tan fácil encontrar lo que los otros han perdido, pero nunca se encuentra lo que uno ha perdido, fue lo que pensó y abrió el folleto por el primer capítulo: «Blasfemar También Es Un Cáncer». Procuraba dignificarse con pensamientos elevados. Y, si no los encontraba, por lo menos balanceaba la cabeza, indignada contra la bajeza de nuestra época.

Ese día vio a dos chiquillos peleándose. Los nuevos luchadores se pegaban en la cara, blancos de rabia y de silencio. De tan intensa la escena había perdido el sonido. Solo un pájaro cantaba en el árbol. La viuda palidecía de horror. Un señor los separó y les dijo que si continuaban la pelea les daría un tirón de orejas. Cosa que incluso a Lucrécia le sonó extraño, en S. Geraldo ya no se daban tirones de orejas a los niños. Los chiquillos pararon, lo miraron en silencio. Uno era bizco. El pájaro cantaba. Finalmente uno de los muchachos escupió en el suelo como desafío y huyó haciendo muecas… El otro corrió, mirando hacia atrás y riendo. Eran enemigos pero se unían contra el gran adversario común, o sea, aquel hombre de otro tiempo que, molesto, miraba a Lucrécia.

Esta, aún un poco aturdida, le sonrió. Él dijo: con su permiso, señora, y se sentó respetuoso en su banco. Contentos de estar juntos, se acomodaron mejor y conversaron sobre la juventud moderna. Él, agradablemente sorprendido de descubrirla tan sensata a pesar de su juventud, sin saber que había sido S. Geraldo el que la había dejado atrás. Y ella a su lado pudiendo mirar con otra seguridad el nuevo monumento a la Unión de Correos y Telégrafos.

Volvió a casa más animada, se sentó a tejer en la terraza del fondo, miró los tejados oscuros y las torres de las fábricas, extremidades secas del mundo. No eran maduras como la sala de estar donde se acumulaban pequeños muebles, jarrones, sombras, bibelots; solo renovados por otro día que traería eventualmente una nueva posición de las cosas. Miraba las torres de las fábricas con los ojos serenos, satisfecha por haber sido a pesar de todo previsora apartando enfermedades, evitando el peligro mayor de las cosas, guardando con cuidado lo que le pertenecía. Esta era la única explicación que encontraba para justificar su pasión por la casa y por los bibelots: «¡Claro! ¡Había guardado con cuidado lo que era suyo!». Si ver la manera como se había protegido la agitaba un poco avergonzada, se le ocurría una respuesta: sí, pero allí estaba ella. Al fin sentada. Interrumpió su labor, aspiró el aire con una dulce vivacidad.

También el edificio había conseguido llegar hasta la actualidad. Viejo, bajo, lleno del coro amplio y virginal de esa tarde. La mujer espiaba con placer una chimenea que el aire rodeaba de una claridad insistente. Aunque había perdido la causa de los hábitos todavía los conservaba y, aunque había olvidado la verdadera forma de dirigirse a la sala, conservaba la manera de mirarla, lo que llenaba sus días de vigilancia sin explicaciones, de pequeños comienzos interrumpidos entre carraspeos y prisas inútiles. Encontrarse con su «compromiso» ya no era crearlo. Era inquirir si en la vida vivida se había cumplido algo.

Y así era. Era un pensamiento muy difícil el de ver que así era. Oh, nada importante, solo insustituible. Se había cumplido pero mucho más mudo: de objeto a objeto, cierta ascensión diaria siempre independiente del pensamiento, el tiempo se adelantaba. En qué momento y junto a qué objeto ella había dicho, por ejemplo: «Soy Lucrécia. Mi alma es inmortal». ¿Cuándo?

Bien, nunca. «Pero supongamos que lo hubiese dicho». Así fue como la mujer se sintió obligada a razonar. Porque de la vida real, vivida día a día, le quedó —si no quería mentir— solo la posibilidad de decir, en una conversación de vecinas, una mezcla de larga experiencia y de descubrimiento de última hora: sí, sí, el alma también es importante, ¿no le parece?

Contar su «historia» era aún más difícil que vivirla. Incluso porque «vivir ahora» era solo un coche avanzando bajo el calor, algo avanzando día a día como lo que madura. Hoy era el navío en alta mar.

Ella misma se sentía como la llamaban los otros, y la veían viuda y que los pescaderos le vendían en connivencia pescado más barato.

Y algo de altivez. De tanta paciencia había llegado al final a un cierto punto, un perro ladrando lejos, la colina del pasto ahora accesible gracias al viaducto. La mirada continuaba siendo su reflexión máxima, y las cosas proliferadas: las tijeras en la mesa, alas, coches haciendo temblar constantemente el primer piso que un día sería demolido, la sombra de los aeroplanos sobre la ciudad. De noche la Cruz del Sur sobre los tejados y la mujer roncando tranquila, náutica.

Hasta este momento en que tejía en la terraza.

El polvo luminoso la rodeaba, máquina feliz que funcionaba en rápido silencio. Del movimiento continuo de sus manos nacía un espíritu y una facilidad, y, sin sorpresa, la clarividencia dentro de la clarividencia, como lo oscuro dentro de lo oscuro; porque esta era la luz de la tarde.

Y ella misma conocedora, solo conocedora, de que todo aquello era intraspasable incluso para la imaginación, esa dura verdad del sol y del viento, y de un hombre andando, y de las cosas puestas. Y una persona no sabía limitarse. Porque ella no podía dejar de enorgullecerse al ver el tiempo pasar —pero ¿ya estamos en el mes de febrero?—, como si este fuese un desarrollo suyo. Y lo era. Y Perseu la había comprendido muy bien. Y tantas veces ella «había dicho» por qué; allí había una ventana abierta. Una persona era olímpica.

Una persona era olímpica y vacía. Sentada con las piernas abiertas, cruzando las manos sobre la barriga.

Oh, ella había vivido una historia mucho mayor que la suya. ¿Cómo limitarse a su propia historia si allí estaba la torre de la fábrica? Esa verdad hecha de poder mirar. Nunca había pensado en realidad; pensar sería solo inventar.

El maíz creciendo en el campo había sido su mayor pensamiento. Y el caballo era la belleza del hombre. Así eran las cosas. Su paz había sido la belleza de un caballo. ¿Sería esta la historia de una vida vacía?

De repente, en medio de su labor, solo por gloria, la mujer se levantaba y batía las alas sombrías sobre la ciudad cumplida, sombrías como los animales eran sombríos, lentos y libres; sombríos sin que el dolor fuese sufrimiento; lo que había habido de impersonal en su vida la hacía volar.

La tarde se había oscurecido y la viuda aprovechó la penumbra para abrigarse; en el silencio abrieron un agua abundante, entonces ella se asomó para divisar el barreño que el agua llenaba con un sonido cada vez más bajo y cantarín, el corazón curioso como el de una vieja. Sensible, sensible. Todo lo que había poseído más precioso estaba fuera de ella: ¿el agua en el barreño?, la habían derramado toda en el patio seco de la tienda. De la tierra empapada se levantaba un olor sofocante de polvo; la viuda Correia tosió de mentira, solo para manifestarse también.

Había llegado sin duda alguna a un cierto punto de gloria.

También S. Geraldo había llegado a un cierto punto, estaba preparado para cambiar de nombre, decían los periódicos. Solo eso se podía decir, por otra parte; solo eso se podía ver, y ella lo veía.

Su rostro había adquirido una dignidad casi física, finalmente capaz de transmitirse a un hijo, aunque este se pasaría la vida intentando justificar su herencia, llevando ciegamente adelante la oscura raza de constructores que poseía como tradición el valor.

Pocos días después recibió una carta de su madre llamándola a la hacienda.

«Aquí hay un hombre de muy buen corazón, hija mía, que ha visto tu fotografía y le ha gustado y pregunta siempre por ti y por tu vida, hijita mía. Le digo que llevas la vida de una santa».

¡No lo entiendo!, se interrumpió Lucrécia sobresaltada. ¿Qué deseaba aún su fotografía?

Pasó días con la carta en su seno.

Y al final decidió vender la casa e ir a reunirse con su fotografía. Suspirando de alegría. La viuda, la viuda, decía riendo, discutiendo consigo misma.

Es el segundo marido, se asombraba como si no tuviese derecho a tanta suerte. Derecho realmente solo había tenido al doctor Lucas, pensaba la mujer sin explicarse.

Ah, la viuda, se interrumpía ella emocionada releyendo mil veces la carta. «Hay aquí un hombre...», cantaba de memoria. Miraba la fotografía colgada en la pared del pasillo para adivinar lo que la esperaba, la viuda alegre. Acababa riendo de nuevo. Oh, era cada vez más tarde.

Cada vez era más tarde. Seria, ardiente, corrió a la sala, agarró el frío bibelot y lo acercó a su cara, con los ojos cerrados. Entonces ¿abandonaría todo esto?... En su gran rostro de caballo la lágrima se deslizaba. Y el bibelot construido por sus ojos...

Pero ella lo abandonaría y abandonaría la ciudad mercantil que el desmesurado orgullo de su destino había levantado, con un aterramiento y un viaducto hasta la colina de los caballos sin nombre.

Se había levantado el sitio de S. Geraldo.

De ahí en adelante tendría una historia que ya no interesaría a nadie, abandonado a sus serias subdivisiones, a las penas de multa, a sus piedras y bancos de jardín, avaro cuyos tesoros, en castigo, no codiciase nadie. Su sistema de defensa, ahora inútil, se mantenía en pie al sol, como un monumento histórico. Los habitantes habían desertado de él o habían desertado sus espíritus. Pero también estaban entregados a la libertad y a la soledad.

Aunque habían bajado el puente levadizo por el Viaducto Almeida Bastos nadie más se acordaba de alcanzar la antigua fortaleza, la colina.

De donde los últimos caballos ya habían emigrado, entregando la metrópolis a la gloria de su mecanismo.

Quién sabe —como diría Lucrécia Neves— si un día S. Geraldo tendrá líneas de tren subterráneas. Parecía ser este el único sueño de la ciudad abandonada.

La viuda apenas tenía tiempo de hacer su maleta y escapar.